山田太一
荒木経惟
平田俊子
道尾秀介
田口ランディ
青木茂
堀江敏幸
池澤夏樹

ことばを写す
鬼海弘雄対話集

山岡淳一郎=編

平凡社

ことばを写す　鬼海弘雄対話集

睡蓮と少年

はじめに

「対話」は、考えることの面白さを呼び起こしてくれる。誰もが、自分の来し方、行く末に思いを馳せたり、「いま」の身の置きどころを確かめたりしていると、誰かと無性に話したくなる。語り、聞いているうちに朧気だった考えに輪郭が表れ、やっぱりな、ああそうだったのか、へぇー、と人生がいよいよ面白くなってくる。

まして、日ごろ、敬愛する人との対話ともなれば、しゃべり終わったあとも、しばらく高揚感に包まれる。そういう連載の場を「アサヒカメラ」が与えてくれたのは、とてもありがたかった。それが、このような形で一冊の本にまとまるのは「しあわせ」の一語に尽きる。

私は写真家だから、相手のポートレートを撮るところからゆるゆると対話を始めた。山田太一さんは多摩川で、荒木経惟さんが新宿御苑、平田俊子さんは西荻窪、道尾秀介さんが浅草、田口ランディさんも浅草、青木茂さんは広尾、堀江敏幸さんが上野公園、池澤夏樹さんは芝公園、とくに何かを意識して場所を選んだわけではないのだが、気がつけば、それぞれにふさわしいところで撮り、語り合っていた。人格と場所はくっついている。流行の最先端がぶつかり合っているような場所が似合いそうな人は、ひとりもいなかった。

くだくだしい説明は不要だろう。すぐれた表現者である彼らは、自分の道を自分の歩幅で、焦ることなく、わき目もふらず、まっとうに歩いている。そこから個性が際立つ、と学ばせていただいた。

人の歩みは、古今東西、いまも昔も、そのようにして何ものかを残してきたのだろう。自分の歩幅を守り続けるのは、簡単なようで難しい。どのようにして歩幅を保ってきたかは、それぞれの対話に語られている。キーワードの一つは「旅」だ。

願わくは、本書を手に取ってくださった方々も、対話のなかに入り、鼎談をするような感じで読んでいただきたい。そうすれば、また別の話が紡がれて、ぜいたくな「あそび」ができるのではないか、と夢想している。

浅草で会った市井の人の肖像、人の暮らす場所としての東京の風景写真、そして好きで放浪をくりかえす、インドやトルコでのスナップ写真、3種類のモノクロ連作だけを、私は粘土を手捻りするようにこしらえてきた。思えば、いつも誰かと胸のうちで対話をしていたような気がする。

連載の司会、構成から、この『ことばを写す』のプロデュースを担ってくれた、長い友人の山岡淳一郎さんに感謝したい。

鬼海弘雄

目次

装幀　間村俊一

大半の人生は「受け身」だと思うんです

山田太一

山田太一（やまだ・たいち） 1934年、東京都生まれ。脚本家・作家。早稲田大学教育学部卒。松竹入社後、木下恵介監督に師事。65年に退社して、フリーの脚本家になる。「男たちの旅路」（1976〜82年）、「岸辺のアルバム」（77年）、「獅子の時代」（80年）、「ふぞろいの林檎たち」（83年）ほか、多数のテレビドラマの脚本を手がける。小説に『飛ぶ夢をしばらく見ない』（85年）、『異人たちとの夏』（87年）、『空也上人がいた』（2011年）、エッセイに『夕暮れの時間に』（15年）などがある。

ふたりの表現者はともに多摩川の近くで暮らしている。山田太一にはテレビドラマ化された「岸辺のアルバム」という小説がある。1974年の多摩川水害をモチーフに家庭が崩壊していく様を描いた名作だ。多摩川への愛着が表現の根っこを洗い出していく。

鬼海　故郷が山形の農村なもので、とにかく川と空を見たい。河川敷の水辺には雑草が生い茂る獣道《けものみち》のような細い道があってよく歩きます。一度に8キロぐらいかな。その道でたまに人と出会うと旧知の仲のようにいい感じでコンニチハと挨拶ができるんです。

山田　私は浅草で生まれ育ったでしょ。隅田川があるし、川を渡るのが好きなんですよ。朝から東京に出かけて二つ、三つ用事を済ませて夕方帰ってきて多摩川を渡ると、すーっと空が広がって、わが土地に帰ってきた感じがします。もう40年以上川崎市に住んでいますが、昔はたまプラーザ駅前なんて砂塵《さじん》がすごくて、西部劇の舞台みたいでしたね。

鬼海　風景はずいぶん変わりましたね。河川敷の細道は辛うじて残っています。知らない人と挨拶できるのはしあわせです。トルコには真冬に行くのですが、寒いから人びとは家にとじこもっているのでめったに人に会えない。茫漠とした土地を、ずーっと遠くから人が歩いて来て互いに10分ぐらい見えていてね、すれ違うときには知り合いのような感じでカメラを向けられます。多摩川の細道に通じるものがあるんです。

山田　トルコの写真集『アナトリア』は、モノクロのトーンがよくて、みんないい顔をしていますね。なかでも「駆け抜ける少年」。あれ、すばらしい。小さな女の子が、おばあさんみたいに後ろ手を組んで歩いている。懐かしい。年寄りに育てられたのでしょう。

鬼海　大家族に暮らす人びとは実に子どもたちに優しいんですよ。たぶん、あの子どもたちはゆくゆくは先立ったおじいさん、おばあさん、親きょうだいを思い出しながら心やすらかに亡くなっていくんだろうなぁ……。経済的に貧しいがゆえにコミュニティーや土地とくっついて生きている。それは「懐かしい未来」だと思うんです。私にとって未来に向けて線を引くために、そういう風景が必要なんです。

山田　道を歩いている大半の人は、ふつうの顔をしていますが、そこからいい顔を見つける眼力が鬼海さんは飛び抜けています。それとやっぱりカメラの不思議な力もあるのでしょうね。映画でいい役を演じたスターを、ついいい人と思い込みがちですよね。実際に素で会うと良くも悪くもふつうの人。あれと似たカメラの力ってあるのでしょうね。

鬼海　あります。カメラやレンズは嘘をつかないと誰もが思っているけど、違う。見事にフィクション化してくれます。頭でしっかりと考えて別の世界にカメラを連れていくと、上手な嘘をついてくれます。

山田　はいはい。モノクロだからこそ、色が出るわけですね。

鬼海　そうです。ただ写真ってぶきっちょだから、諧謔《かいぎゃく》とか風刺って成り立たない。一過性の媒体でなら成立しますが、何度も見てほしいとなると難しい。だから圧倒的に肯定から始まっていかないと否定を入り込ませられない。それはフェリーニやチェーホフから学びました。

山田　チェーホフは、本当に現実を描いているからね。深く、諦めて……。

鬼海　諦めているけど光がありますね。宮崎駿さんの「ナウシカ」みたいな希望と似ているなぁ。当然、写真も現実に執着しますが、別の次元で考えて、じつは小さな地球儀を作ろうと思っているんです。

山田　それは作家の理想でね。野心っていうのかな。

鬼海　雑誌のスタッフカメラマンが生産するようには撮れませんから「商業的」には困難です。

山田　そりゃ、同じように生産するわけにはいかないでしょう。すごい粘りですよ。大きなサイズであれだけの人を撮っているのだから。

山田は早稲田大学で詩人の寺山修司（1935〜83）と同級生だった。寺山はネフローゼに罹って1年足らずで中退するのだが、山田は自伝的エッセイ集『月日の残像』に寺山

の超現実主義的な詩を引き、こう記している。「私などは、あらかじめ意識された現実や想いをどのように書くかという次元からあまり踏み出さないので、こういう人たちがいることを恵みのように感じる」。脚本や小説は、どのように生み出されているのだろうか。

鬼海　山田さんの作品の主人公の多くは、市井の人ですね。ヒーローのドラマを書こうとはあまり思われないのですか。

山田　私が松竹大船撮影所から木下恵介監督の誘いもあってテレビの世界に移った60年代、テレビというメディアはとても新しかった。映像は白黒で貧弱で、どうやって映画に対抗できるか、頭を悩ませました。アメリカのテレビドラマのライター、パディ・チャイエフスキーの著書に、テレビは王様が国を奪った話ではなく、通りの肉屋の奥さんがなぜあの旦那と結婚したのか、そこを突っ込んで描くべきだと記してあって、これだ！　と思ったんです。ふつうの肉屋の夫婦も、突っ込めば面白さ、残酷さ、いろいろ書けます。

鬼海　主人公を特別な存在にしなくても、いや、しないほうが、テレビドラマは面白く描けるのですか。

山田　ドラマを書くときは、こういう人物を描こうと理念的な設定をします。たとえば「人間は平等だ」と設定したとき、その理念に本当の力があるかどうかを試すのがドラマなのです。理念を実行に移そうとしたとき、どういう誤差があるかを書いていく。つまりシミュレーションをするわけですね。当然、マイナスの要素もどんどん出てきます。でも、どこかにこうあってほしいという夢、プラスも加えたい。その混ざりあいですかね。

鬼海　ああ、なるほど。人間にとって、不幸を見るってこともとても大切ですね。「岸辺のアルバム」でも従来のホームドラマでは考えられなかったシビアなエピソードが……。

山田　あれは、不倫あり、強姦あり、堕胎あり……と、新聞に小説を連載中はとてもテレビではできないだろうと思っていました。事実、ドラマ化したときやれなかったところもありました。でも暗い話をドラマにできないのはテレビ界にとってよくないと思って、書きたいものを書いてみたんです。人間ってマイナスも好きですよね。

鬼海　昔、私たちより前の世代は、人は苦労しないとダメだなんて言っていましたよ。

山田　苦労自慢ですね。最近ははやらないのかもしれませんが、われわれはプラスばかりじゃなく、マイナスも好きだと思うんです。だから世の中に変化も起きる。2、3年前にポルトガルのリスボンで、ファド（民族歌謡、「運命」の意）を聴きましてね。観光客が行くところで聴いたのですが、あまり悲しくなかった。ポルトガルの海がほかの海より塩辛いのは、男がみんな船に乗って出て行くのを見送る女たちの涙が注がれているからだ、というような悲しい人生を歌ったりしているんだけど、哀愁の底力みたいなものはなくて、みんな好きで歌ってるんだな、と感じました。

鬼海　リスボンの坂道にはファドが似合いますね。いりくんだ露地には鰯を焼く匂いがして、頭上には洗濯物が空いっぱいはためいて。３週間ばかり旅をしましたが、人びとのあけっぴろげな暮らしぶりと相性がよかった。人間が生きている地面が露出していて、居心地がよかったです。

山田　宗教が生きていますね。何かわからないけれど、自分ではどうしようもないものが自分に与えられていて、それによってどうやってよく生きていくか、ということを何ものかに祈る。これは健康な証拠だと思います。

鬼海　私が訪れたトルコやポルトガルでは、宗教が人間関係の根本になっていて、原理主義でバーッと直線的に引っ張るのではなくて、お互いさまって雰囲気でとてもいい感じでした。おかしくなってきたのは91年の湾岸戦争あたりから。ちょうどインドで写真を撮っていて、テレビでずっと戦争ゲームみたいな映像が流れていました。一方的に西欧近代主義の文明がムスリムの人たちを昔のアメリカ先住民族がでてくる映画のように扱っていた。そして「９・11」、アフガニスタン紛争、イラク戦争、アラブの春からＩＳの出現……と、現実がどんどん悪しき虚構化され暴力的に変わってきている。人びとが生きることの観念とは何だろうと考えさせられます。

山田　ドラマはリアルな理念を設定して、シミュレーションとして書くと申し上げましたが、そんなドラマばかり考えているとね、嫌にもなってくるのです。嘘八百を書きたい（笑）。それで小説では『異人たちとの夏』とか、徹底的に嘘八百も書いています。

鬼海　『異人たちとの夏』は幼い頃亡くなった両親と主人公が出会い、失われた時を回復しようとするけれど、最後は冥界と現世の悲しい壁が立ちふさがっている……傑作ですね。フィクションって時代や世代をまたぐって要素が必要です。現在にばかり執着すると、前にも後ろにもいかない。写真は真実を写すというけど、単に現在形の情報を写すのではなく、フィクショナルなものとして考えないと、立ち上がってこないんです。

山田　これが本当だって言ってるわけじゃないですよね。

鬼海　はい。仮に『ぺるそな』で撮った浅草の人たちを、全員連れて来て並んでもらっても表現にはなりません。そっちが本物だけれど、そういうことじゃないんです。

表現の手段は違っても、山田、鬼海に共通するのは、現代社会を覆う表層的な価値観の問い直しではないだろうか。たとえば自分の力で「競争」に勝ち抜け、と子は親に叱咤される。その親も会社では「成果主義」による人事評価で上司に厳しく査定されている。産業社会は、効率性を最優先して利益率の向上に突き進む。数字で表されるものをありがた

がる。そうした価値観から私たちは自由になれないけれど、やや引いて人生を眺めれば、もっと本質的な何ものかで動いている、と匠たちの表現は気づかせてくれる。

鬼海　大学を出て松竹大船撮影所に入られたのは、映画監督を目ざしていたからですか？

山田　それがいい加減で。大学は教育学部で教師になろうとしていたんです。うちは浅草六区で「三昭食堂（昭和3年開業に由来）」という食べ物屋をやっていて、サラリーマン生活には無縁でした。親戚で大卒はひとりもいません。唯一知っている職業が教師だったから、そっちへ進もうと。ところが教職免許を取っても、志望先の校長のコネがないと就職は無理だと就職課で言われて、あちこち受けた。そのなかに松竹大船があったんです。

鬼海　当時、映画は娯楽の殿堂だったし、すごい倍率ですよね。

山田　娯楽の殿堂か何だか知らないけど（笑）。なぜ僕を入れてくれたのかよくわからない。助監督試験で、子どもを抱いている女性の写真を見て短い物語を書く課題が出ました。大学時代から習作っぽいものは書いていたので苦手意識はなくて書いたんです。それを試験官が気に入ってくれたみたいです。後で松竹大船は、監督ではなく、物書きの適性を調べたって悪口を言われていました。

鬼海　大船では「松竹ヌーベルバーグ」の監督（大島渚、篠田正浩、吉田喜重ら）と同時代ですか？

山田　吉田さん、篠田さんには助監督でつきました。で、僕らが監督になる番がくると、若いヤツに甘い顔をすると勝手なことをするから何も言わせるな、とストーリーから脚本、キャスティングまでをぜんぶ決めてから、監督を誰にするか、という空気に変わったんです。このまま撮影所にいても希望がないなと感じていた頃、木下さんがテレビで短編をお撮りになるので助手でつきました。ＴＢＳで「木下恵介劇場」（後に「木下恵介アワー」）という夜30分、年間50本以上のドラマ枠ができまして、僕も脚本を書かないと間に合わないから、たくさん書いたんですね。そのまま脚本家になっちゃった（笑）。

鬼海　人生のすごろくというか、あみだくじっていうのは、どこでどうなるかわからないですね。

山田　そうですよ。みんな自分で自信を持って人生を切り開いていかなきゃいけないというけど、精神的には素敵かもしれませんが、多くの人の現実とは合っていないと僕は思う。

鬼海　同感です。うまくいく確率なんて宝くじに当たるようなもので、もっと川が流れるようにやりたいことに近づくというか、見ている夢を大事にしたほうがいい……。

山田　大半の人生は「受け身」だと思うんです。誰しも容貌だって背丈だって生まれ落ちた境遇だって違うし、いろんなハンディを背負って、受け身で生まれる。その受け身をどう生きるかで、本人の努力や能力もあるだろうけど運もある。それを棒で地面に線を引いて、横一線に並んでよーいドンで走れ、なんて無茶苦茶な話です。

鬼海　全員、オリンピックを目ざせ、みたいなことになっちゃう。

山田　それは無理です。

鬼海　山田さんは『月日の残像』に10歳のときに亡くなったお母さん、結核で早世されたお兄さんのことを書いておられますね。改めて、こういう境遇で成長されたのかと……。

山田　母や兄のことは初めて書きました。かなり悲観的なことが、子どもの頃にけっこうありました。そういうマイナスに育てられたというのはありますね。マイナスというと、そのときは嫌だけど、後になると貴重な体験だったような気もします。

鬼海　ご自身で食べ物の話は書かないと決めておられるとか。

山田　僕は減点して自分の輪郭をつくるってところがありまして、第一は食べ物の話は書かない。誰もが飢えていた時代に少年期を過ごして、何を食べてもありがたかった。誰も取らなくても食べ物を見たら急いで食べた。だから食べている自分は醜いに違いない、と。これだけ豊かな時代が続くと、避けようもなくグルメになっているとは思いますが、エッセイで書くのは図々しい。原作に基づく脚色もしない、と自分に課しています。

写真とドラマの虚構性をめぐって対話は続く。近年、私たちの現実感は東日本大震災の発生で激しく揺さぶられた。「3・11」以後、東北の被災地、とくに原発事故の影響が続く福島に取材で通っていると、そのまま書くのははばかられる厳しい現実にたびたびぶつかる。一方で、世間は原発事故などなかったかのように前のめりに時を進めようとしている。この二重のもどかしさを晴らすのはフィクションなのかもしれない。

山田は、2014年2月「時は立ちどまらない」というスペシャルドラマの脚本を書き下ろした。震災がテーマである。海辺の漁師の息子と高台の会社員家庭の娘の結婚が決まった。その矢先、津波が襲来し、漁師の家で生き残ったのは祖父、父、婚約者の弟の3人だけ。高台のサラリーマンの家に招かれた男3人は、その晩、予想外の行動に出る……。

山田　震災後、石巻を訪れた際に市内を一望できる「日和山」に登りました。その前方、海までの間は津波にやられて何もない。学校から何から。逆に後ろをふり返るとずーっと住宅地が広がって生活が続いている。これはつらいだろうな、と思った。高台で津波の被害を受けなかった人たちも、つらいですよ。目の前には厳しい悲劇があるわけでしょ。家でテレビを見ているだけでもやましい気がしてしまう。被災した家族と、全然被害を受けなかった家族を書いてみようと思ったんです。

鬼海　震災が起きた年の5月に、相馬市、南相馬市を雑誌の仕事で撮影しました。撮っていて、もうこれは現実しか写っていないって感じでした。その現実を、もう一度、カメラでめくるという行為ができない。まぁ人間の感性で最初は驚いて、うわーっと悲しんでいるんだけど、30分くらいすると変なにおいがするな、とか。人間ってのは、こういう大惨劇を経験しても生きていく動物なんだな、と感じたりする。そこで「正義」みたいなものを振りかざしても、嘘になるような気がしました。

山田　震災のドキュメンタリーの傑作を、まとめてずっと見たのですが、案外マイナスがないのですよ。助け合うとか、力を貸すとか、プラスの方向にいくわけです。ドラマでマイナスを描いていると思わせないで、どうマイナスを取り込もうかと思案しました。ひどい目にあったことを競い合わせるようなことをすれば、こっちのほうがもっと酷い、となるのでできません。

鬼海　そこが腕の見せどころですね。

山田　生き残った男3人、高台の家に夕食に招かれます。3人は、ずっと体育館にいたから、自分らだけで食べたい、と2階に上がる。父親が「よし、始めるぞ」と言って、大暴れをする。窓ガラスを割って部屋じゅうをひっくり返す。「何をするんですか」と言う主人に「俺たちの家は何もかもなくなっているのに、これぐらいのことで何をするんだとは何だ。もう二度と俺たちのところには来るな！」と言ってパーッと3人で駆けだしちゃう。

鬼海　おためごかしの支援などいらないというわけですね。いいドラマというのは、人間の悪意や嫉妬、負の側面も含めて、ある種の力業で場面のリアリティーをつくりだしますね。思い切りのよさも必要なのでしょう。脚本を書いておられて苦しく、楽しいでしょう（笑）。

山田　やはり、ドラマは一種のシミュレーションで、フィクションでしか書けない部分だから書けたんです。ただ時間は必要でした。3年ちかく経って、やっと書いてもいいかな、と思ったんです。他人の身になるってのは、生易しいことではないでしょう。

鬼海　そうですね。浅草の写真はリアリズムですが、どこかに「あの人は私の一部かもしれない」という思いもあります。そういう思いを抱ける人を見つけるのが楽しいけど、なかなか出会いません。インドの写真は少年時代の夢というか、ちょっと見方を変えれば、人間捨てたもんではない、素敵じゃないかって感じですね。貧乏だろうが、美男だろうが、それぞれの魅力があって物語を紡いでいます。そこを撮ってきました。

最後に司会役のわがままな質問を、山田に投げかけてみた。

「鬼海さんの浅草のポートレートの一人ひとりに短いストーリーをつけるとしたら、ど

んな話が思い浮かぶでしょうか」。ぴしゃりと答えが返ってきた。

山田　それはダメです。あれは言葉がないからいいんですよ。言葉以外のもので感じ取ろうと、みんな見ているからいいのです。そこに何かの論理を通したり、余計な描写は必要ないのです。その人のこずるさも人のよさも、醜さも、見ようによっては見られます。それが面白くて見ているのです。文庫本の『世間のひと』の推薦文を書きましたが、サイズが小さくなると悲しいですね。写真集は大きいので隅から隅まで見られます。それにしても、ねぇ、浅草なんてにぎやかなところを撮りたければいくらでもあるのに（笑）。

鬼海　写真を始める前に肉体労働をしていたから、トラックの運転手やマグロ船の乗組員とか、そっちのにおいについつい体が引かれてしまうんです（笑）。

遠雷がとどいていた村につづく道　Divriği　2005

駆け抜ける少年　Uçhisar　1996

冬支度をする母親と崖の上の子どもたち　Divrigi　2000

荒木経惟

写真自体がすでに「現在アート」なんだ

荒木経惟（あらき・のぶよし） 1940年、東京都生まれ。写真家。千葉大学工学部卒。父の影響で子どものころに写真を始める。63年に電通入社後、64年に「さっちん」で第1回太陽賞を受賞。71年、私家版『センチメンタルな旅』を出版。独立後、精力的に作品を発表し続ける。国内外で数多くの写真展が開かれたほか、『愛しのチロ』（90年）、『空景・近景』（91年）、『往生写集』（14年）をはじめ数多くの写真集を刊行。2011年に第6回安吾賞、12年に第54回毎日芸術賞特別賞を受賞。

天才アラーキーと鬼才ヒロオ、ふたりは人を撮り続けてそれぞれの頂に立っている。互いの山頂から相手の「貌」はどう見えるのだろう。

5月の夜、東京・新宿のバー「ルージュ」で対談は始まった。

鬼海　荒木さんの人との関わり方、ものの見方って、人気者になっても初期から変わってないね。川の流れのようにつながっている。それが不思議でさぁ。

荒木　写真ってのは、最後は顔にいくぞって思いがずーっとあった。大学を出て電通に入って、あそこは大らかな会社だから仕事しなくていいわけよ。銀座ぶらぶらしながら、中年女の顔ばかり撮ってさ、そこから始まって、ちょうど50年。こないだの「男」展で、ひと区切りついた。

鬼海　最初、銀座で、どうしてあれだけ地べたに近い顔ばっかり撮ったの？　グラビアに載りそうな美人がごろごろいたでしょうに。

荒木　そんな、浅草であんな写真を撮ってるくせに、ひとのこと言えないじゃん（笑）。写真は被写体の素敵なところを引っ張り出すものだよ。

鬼海　人に対して、荒木さんは優しいよね。

荒木　だって、神だもん（笑）。優しいの見える？

鬼海　植物の芽が日光を求めてゆっくり伸びていくみたいな感じかな。

荒木　だから、女が来てくれます。向こうは本能的にそこに気づいて寄ってくる。おれは被写体との関係性を大事にしてきたからね。相手がフレーミングから逃げられるぐらいの余裕をもって対峙してきたんだ。

鬼海　うまく撮ろうとは思わないでしょ。

荒木　みんなね、よく下手だとか言うけどさ。

鬼海　戦略じゃん。

荒木　戦略でも何でもない。素直なの、オネストなの。

鬼海　その真っ正直さの根っこに何があるんだろうね。

荒木　要するにポートレートは絶対にオブジェ（物体）にしちゃダメだって。そのちょっと手前、すれすれのところが一番いいと思ってるんだ。写真って、お互いの息というか、気が行ったり来たりの関係性だからね。切れ味のいい写真で、たとえば（ロバート・）メイプルソープが花を撮ったら鉱物みたいになっちゃう。おれが花を撮ったら動物になるんだよ。

鬼海　ああ。そうかもなぁ。

荒木　鬼海ポートレートだってさ、被写体の人を銅像のようなオブジェ、浅草寺だけに仏像か、ま、いいけど仏像みたいにしてないからいいんだ。そのちょっと手前。撮られたやつが嫌がるんじゃねぇかって写真もあるけど、なぜか何十年も続いている。そこがポイントだよね。

鬼海 みんな、それぞれに独自の存在感があるんです。

荒木 人間は自分の欠点を魅力とはなかなか思えない。その欠点も魅力なんだって褒めたたえる、オマージュでしょ？ そこのところが、おれたちは似ているんだろうな。

鬼海 ええ。人間はそこそこの存在だと思ってるから生きていられるわけですよ。だから、普通に浅草で声をかけて、「何で私なの？ そこにほら、晴れ着を着ている娘がいるだろう」と聞き返してきたら「いやいや、おばさんのその顔だよ」って撮らせてもらう。

荒木 何だ、褒め上手じゃないか。最近、柔和になったね。

鬼海 荒木さんは、相当金も稼いで、名声もあるんだけど、ロレックス持ちたい、ベンツ乗りたい、超高層マンションのてっぺんに住みたいって気配が、まったく漂ってこない。そこが信用できます（笑）。

荒木 そういう物欲、ないんだな。不思議だね。趣味の話になると、すぐ賭けゴルフとか、何だとか言う人がいるけど、興味ない。興味あるのは写真かな。ただ、天がいろんな才能を授けてくれました。これが何でもいい線いくんだね。今度、北京で書道展やるんだ。連休中も書をやっていたけど、絶対に書き直しなんてしない。途中でズレても、それがいいって自信がある。写真と同じだな。おれの場合はツイている。

鬼海　そうやって訓練しないで、スーッといくところがずるい（笑）。

育った環境は、写真家の内面に大きな影響を与える。荒木の実家は、台東区三ノ輪で下駄屋を営んでいた。ものをこしらえる喜びや、人と人の間合いの取り方、あるいは「死生観」も下町で育まれたようだ。その下駄屋の奇抜な看板を、写真を始めたばかりの鬼海が見かけてたまたま撮影したという。アラーキーの生家とはつゆ知らず……。奇遇である。

荒木　実家は小さな下駄屋だけど、子どもの頃、細工場（工房）で、おやじが木のかたまりから下駄をつくるのを見るとさ、やるなっと思ったね。職人気質に自然に接していた。うちは間口が狭いのに脇に「箱庭」みたいなの造ってさ、盆栽入れて、池も造って、風車をつける。で、金魚入れて、柳を植えたり。そういうセンスも親からもらってるな。

鬼海　おやじさん、墨も入れていたんでしょ。

荒木　そうなんだよ。そこがまたかわいいところで、痛いから途中で背中に入れるのをやめたとか。それなりに突っ張ろうと思ったんじゃないの。入れ墨入れたら、いい意味での俠気を養えると考えたんだろう。

鬼海　写真を始めて間もなく、私、お宅の看板、撮ったんだよ。

荒木　下駄が飛び出たあの？

鬼海　はい。あのブリキの。荒木さんちとは全然、知らなかった。おもしろいから撮った。下町を歩き回っていてね。

荒木　あ、そう。立体看板は2代続いたんだ。初代の看板は銅板だったので、戦争中に持って行かれた。大砲になっちゃったんだ。おやじは、涙をこらえて銅の看板下ろしてさ、そのでかい下駄の上におれを載せて記念写真撮ってくれたよ。

鬼海　手に職を持った人の魅力ですよね。

荒木　そういう生活環境で、妙な情緒もいただいてるんだよ。ガキどもが夕涼みで縁台将棋をしていると、柳の枝にいた毛虫がストンと落ちてきたりさ。お花見は、近所の浄閑寺の八重桜の下でやったの。

鬼海　浄閑寺は吉原の遊女が亡くなると投げ込まれた寺ですね。

荒木　うん。墓の隣に井戸があるんだけど、そこは白井権八（元武士で吉原の遊女と昵懇となり、辻斬りを犯して処刑）の切り落とされた首を洗った場所だとか、近所のやつがまたホラを吹くのがうまいんだよね。花見ったって、近所の家でつくった総菜にたくあん、おにぎりぐらいのものを持ちよって、わいわい騒ぐ程度だけど、それが楽しかった。

鬼海　吉原が近いから日常と非日常の境目みたいな感じもあったでしょ。

荒木　ちゃんと料亭もあった。吉原は土手なんだよ。見返り柳のところからずーっと日本堤にかけての土手。うちの近所の料亭で、気の弱いやつはガーッと引っかけてくりだす。人力車が待っていて、決心の変わらないうちにそれって連れてっちゃう。まだ決心のつかない男は、天麩羅屋やどじょう屋でうんとひっかけて、吉原に入る。そんな環境ですよ。

鬼海　「赤線（公娼）」は？

荒木　１９５８年で終わってるから、経験ないな。

鬼海　高度成長の前期あたりまで、人と人の関係を撮った写真が街にいっぱい転がっていたんだよね。もうそれが撮れなくなった。『さっちん』（64年太陽賞受賞）は、大学時代から三河島の団地に通って撮ってたの？

荒木　あの頃、イタリア映画のネオリアリズモをよく見てた。ビットリオ・デ・シーカの「自転車泥棒」とか、ルキノ・ビスコンティの「揺れる大地」とかさ。その表現の流れと子どもの生理的な感覚が重なって撮ったんだな。

鬼海　電通に入って、下町から銀座へ行動パターンを変えましたよね。

荒木　まぁ、変えさせられちゃうんだよ。下流から上流にのぼったというかさ、そっちに行ったんだ。やっぱり三河島の鉄筋が崩れかかった古いアパートより、歩行者天国が始まった銀座に、午後の3時、4時、気張って着物着てくる中年女のほうが魅力的じゃないの。

鬼海　ただ、行き先は変わっても、ぜんぶ顔を攻めてるよね。

荒木　やっぱり人間に興味があるからさ。地下鉄の行き帰りで、前にすごくいい女、美人とかじゃなくて、被写体としてわくわくする女が座ってくれるわけ。それを、パッ、パッと。ローライ使ったこともあるんだよ。ローライっていいんだ。相手には、こっちがお辞儀して撮っているように感じられる。

鬼海　レンズを向けて暴力的に撮る感じじゃないからね。

荒木　写真は、狙撃や射撃じゃない。くり返すけど、相手との間を気が行ったり来たりする関係性を写すものだよ。それを勘違いして射撃したり、あるいは現代アートと称して写真を素材にして何か表現しようとしたりする。そうじゃなくて写真自体がすでに「現在アート」なんだ。

鬼海　レンズってものを通しているんだから、十分に人工的だしね。

荒木　そうなんだ。わかってる。

鬼海　何で写真そのものをちゃんと写さないで、絵画の現代美術に寄りかかって抽象に走るのか、まったくわからないね……。

荒木　最近、３Ｄとか騒いでいるからさ、「男」展は、ちょっとおちょくって、おれが三面鏡になって、そこに映った顔をダーッと並べるような感覚で展示してみた。見せることも大切だから、サービスも必要なんだよ。

写真機が伝来した幕末期、あまりにそっくりに写るので写真は魂を抜くという迷信が生まれた。写真と人の寿命に関係はないにしても、人生には避けられない運命が待ち構えている。誰もが間違いなく、黄泉に旅立つということだ。飄々と天才ぶりを発揮する荒木の生涯を貫くテーマは「生と死」である。愛妻の陽子さんを亡くして二十数年。荒木のセンチメンタルな旅はまだ終わってはいなかった。

鬼海　電通には何年いたの？

荒木　９年。写真機を使ってできる作業は電通時代に覚えたね。

鬼海　電通を辞めて、写真で飯が食える自信はあったんですか。

荒木　そんなこと考えもしない。食えないとか平気だから。会社辞めて、１年間は陽子が秘書をして稼いでいたんだよ。それで結婚式から新婚旅行先の京都、福岡で撮った写真を『センチメンタルな旅』（71年）にまとめて１部千円で千冊、私家版で出した。陽子のすごいのは、電通時代の上司にその写真集を売りに行ったところだね。

鬼海　ご本人のヌード写真も載っていますよね。

荒木　友だちどころか、上司に売りに行ったんだ。おっ、でかしたと思ったね（笑）。その写真集が、いま1冊100万円で売買されてるらしいよ。陽子はスペイン旅行に備えてスペイン語を覚えちゃったりとか、スケールが違う。東松照明さんに言われたもん。荒木は陽子の手のひらで飛び回っている孫悟空みたいなもんだって。

鬼海　心の大きな人だったんですね。

荒木　うん。大きかったよ。一緒に行ったスペインはよかったな。あいつ平気でスペイン語でいろんな人に話しかけて闘牛の入場券も買った。自力でできるんだね、できたんだよ。うちのは。文章もすごくよかった。なのにさ、こっちは、セックスしてて「痛い」と言っているのに気づかないで、おれが頑張りすぎかな、なんて……アホだった。子宮がんに気づかなかったんだよ。がんなんて身近じゃなかったんだ。

鬼海　まだ若いしね。

荒木　今、検査でがんは見つかると大騒ぎしてるじゃん。そういう感覚なかったんだ。がんを告知されても、そんなはずじゃないって。

鬼海　『センチメンタルな旅・冬の旅』（91年）の写真集のなかに陽子さんが入院している

病院へ行く石段で、花を抱えた荒木さん自身の影を撮った写真がありますね。
荒木　あれ、いいだろ？
鬼海　いいですよ。その前の歩道橋にある人形も。
荒木　あの人形も通り道にあるんだよ。どうしても撮りたくなっちゃう。
鬼海　あそこにはね、ほんと浄瑠璃みたいな静かな情感が流れている。
荒木　『冬の旅』は、歩いた順、撮った順でいいからって編集した。何度、人形の看板が出てきてもいいんだ。
――棺に入った陽子さんのデスマスクを撮ったことに対して、篠山紀信さんが荒木さんとの対談で「許せない」と発言されて一時、お二人は絶交されたとか。
荒木　いや、もうそんな状態じゃないよ。深く考えればおれのほうが正しいもん。向こうもわかってるよ。その後、市川染五郎の結婚披露宴で一緒になってね、席がすごく離れていたんだけど、終わって帰りかけたところで、篠山が後ろから「荒木」って声をかけてくれたんだ。で、松井秀喜を紹介してくれたの。それで和解ってことになったと思ってる。もう撮影会で会っても暗い関係じゃないからさ。
鬼海　それにしても、陽子さんは自由な人だったんですね。
荒木　まぁね。今度の写真展、おれの誕生日にするんだ。陽子の命日にまる一日かけて撮った写真を並べてね。それだけじゃなくて、テーブルの上にぽんと『陽子ノ命日』を置いておこうと。それは陽子の供養でもあるんだ。ずっとおれのテーマは人生、生と死なんだ。だから、わかるやつはわかるんじゃないかな。

鬼海 誕生日と命日、生と死、柔と剛、どこかに対立する概念があるね。

荒木 誕生日の写真展の写真は、ぜんぶ裏焼きにするよ。それは空を撮っていて、空はでかいフィルムが覆っているんじゃないか、と着想したところからきてる。それで、フィルムの乳剤面の側にいてこっちを見ると仮定するわけ。去年「往生写集」でやっちゃったんだけどね。

鬼海 彼岸から此岸を見るんですか。

荒木 そうそう。以前、瀬戸内寂聴さんに「往生って何？」って聞いたら、「あの世に行って生きることだ」と言われた。だったら空の向こうに行って生きながら、こっちを見てみよう。

鬼海 その話を聞いていたから、この対談に載せる荒木さんのポートレートを新宿御苑の桜の下で撮って、裏焼きにしてやろうかな、と思ったのよ。でも、あまりに見え見えだからやめた（笑）。

荒木 まぁ、裏焼きにするといってもさ、ちゃんと策略もあるんだよ。たとえば東京の街は遠くから見たら墓地になる。でかいビルは墓石だね。

鬼海　新宿御苑で撮っていて驚いたのは、荒木さんは、後ろから車椅子の女性が静かに近づいてきたのにも一発で気づくんだね。

荒木　人間も動物だから気配を察知する力がないとダメだよ。写真はとくに。そういう修業がデジタルだとやりにくい、できないんじゃないかと思うわけだよ。後で選べばいいとパタパタ撮っちゃう。

鬼海　やっぱりカメラマンは、どんと構えて、これで撮るんだと被写体と向き合わないとダメだよ。

荒木　職人は体で覚えるっていうけど、反射神経はやっぱり撮れば撮るほど磨かれるから。

鬼海　なかには全然写真に向かない人もいるよね。知らない人に声をかけられないやつ、いるでしょ。それで電信柱ばかり撮っている。

荒木　現代アートになっちゃうわけだ（笑）。

荒木は片目の視力を失っている。膀胱にも持病を抱える。天才といえども肉体は有限だ。しかし、砂時計の砂が落ちるのをじっと見つめるような陰鬱な生き方はしていない。「遊びをせんとや生まれけむ、戯れせんとや生まれけん」（『粱塵秘抄』）と爆走し続ける。

荒木　写真のフレームのなかに入れれば、みんな楽園だ。だけど、そこには血の池地獄もある。天国と地獄が混ざっているのが楽園だよ。カラーで楽しい楽園にしようとしても血の池は消えないんだ。ちょうど膀胱炎で血尿が出たりとかさ。自分の体の状態と表現は並行しているからね。

鬼海　いまは、体調、いいんでしょ。

荒木　うん。血尿も止まってる。踏ん張ると出ちゃうんだよ。一番怖いのは見えている目が見えなくなること。薬の飲み方でリスクが高くなる。

先日、パリで新しいギャラリーつくるから、こけら落としをやってくれ、と相談にきたの。場所はサンジェルマン・デ・プレ。セーヌの左岸だよね。

鬼海　おーっ。私も近々、フランスで個展の巡回が始まります。

荒木　それで「左眼ノ恋」でどうだって言ったら、通訳の女の子、困ってた（笑）。もう片方も見えなくなったら「失明暗」だな。漱石に「明暗」って小説あるだろ。ははは。明るさも暗さも失う。それだけが気になってる。いま、絶好調なんだけどね（笑）。

鬼海　マイナスをプラスに変えてるのはすごいよ。

荒木　写真を撮ることは遊びだからな。鬼海さんは、本質的にすごくいい空気をもってるよ。インドやトルコ、やっぱり世界の田舎に行って撮る写真がすごくいいね。

鬼海　あれは、私の故郷なのよ。生まれた醍醐村（現・寒河江市）の延長なのよ。浅草も。

荒木　その場所の風とか空気に同化するというか、もう風や空気になっちゃってるんだよな。ああいう一種の優しさをたたえた写真が、ほんとにすばらしい。

鬼海　また褒めてる。

荒木　かなり苦労して撮ってるんじゃないの。

鬼海　5万人ぐらい住んでいる街には必ず泊まるところはあるのよ。朝、トゥクトゥクという三輪車に乗って遠出して、帰りはちゃんと歩いて戻ってくる。その間に撮るんだけど、軍事施設と知らずに入って拘束されそうになったり、インドでは野犬に2回ほどかまれたな。

荒木　へぇーっ。

鬼海　狂犬病の恐れがあるのでかまれた翌日、3日後、1週間後、2週間後と注射を打たなきゃいけない。かなり高額の費用がかかるんだけど、インドの一般の人は打てないよね。

荒木　それ、どうしてもやらなくちゃいけないの。

鬼海　ええ。打たなきゃいけない。それ打ってると、写真に命かけてるなって（笑）。

荒木　注射打つのサボってさ、狂犬になっちゃえば（笑）。おれは狂犬、犬だぞーって。

鬼海　そうなったら、涎たらして荒木さんにかみつきにいこう。肝炎もやったし、マラリアもやったし……。

荒木　だから、すごいと思うよ。

鬼海　でもね、山形で冬を越すというのは、そういうことだった。

荒木　そうか。

鬼海　荒木さんはカメラをひと月持たないとか、半年持たないってことないよね。

荒木　毎日持ってる。女でも、誰かをひいきするといけないから、いろんなカメラに触ってあげる。ライカから、コンパクトカメラまでちゃんと使うんだ。サビつかないようにしてる。さすがに片目だと2時間続けて映画みるとちょっとつらいね。全盲になれば写真は撮れないいな。

鬼海　いや、荒木さんならきっと撮るよ。

荒木　そしたら、おれはシンガーになるんだ（笑）。ところでさ、唐突だけど、タレントの女の子、ＡＫＢ48とかさ、撮らないの？

鬼海　いやいや、私、照れくさくて。

荒木　いや、大丈夫。思いがあるから、絶対に通じるって。おもしろいと思うなぁ。

冬の日向ぼっこ

川砂を運ぶ人たち

青空教室参観

猛暑期の早朝

平田俊子

飾らなくていいんだ、と気持ちが楽になるんです

平田俊子（ひらた・としこ）　1955年生まれ。福岡県出身。詩人。立命館大学文学部卒。83年、「鼻茸について」などで第1回現代詩新人賞受賞。2004年、『詩七日』で第12回萩原朔太郎賞受賞。05年、『二人乗り』で第27回野間文芸新人賞受賞。16年、『戯れ言の自由』で第26回紫式部文学賞受賞。著書は、詩集『ラッキョウの恩返し』（84年）、『（お）もろい夫婦』（93年）、『平田俊子詩集』（99年）、小説『ピアノ・サンド』（03年）、『私の赤くて柔らかな部分』（09年）、『スロープ』（10年）ほか、エッセイ、戯曲など多数。

日本の権力中枢の語感が変だ。一億総――とくれば「懺悔」「白痴化」と否定的な言葉が続く、はずだった。それが「活躍」。詩人の平田俊子は最新詩集『戯れ言の自由』（思潮社）の詩「目的、鼻的」をこう書きだす。

「お摑まりください」バスが曲がるたび
運転手さんはアナウンスする
お言葉に甘えて
運転手さんの腕に摑まると
「お放しください」と叱られた
目的のない日本
目的語のない日本語……

詩と写真について、ゆるゆると対話は滑りだした。

鬼海　平田さんの詩やエッセイ、小説は「自分」から離れてないよね。肩肘張らず、日常をユーモアこめて描くけど、軽くない。中身がある。

平田　詩を書くのは、まず自分自身の救済のためです。どうも人になじめない、この世の人となじめない感じがあって、だから自分の住みやすい場所、居心地のいい場所を詩でつくり出しているのかなと思います。

鬼海　詩に目覚めたのはいつごろ？

平田　小学校で草野心平の蛙の詩を読んでびっくりしました。蛙の目で世界をとらえて、「るんるん　るるんぶ　るるんぶ　るるん」と意味のない言葉を連ねて詩になっている。その自由さに驚いた。高校時代に受験雑誌に詩や俳句を投稿し始めて、だんだん深みにはまりました。

鬼海　乾いた、ちょっとブラックなユーモアは？

平田　あまり意識しているわけじゃないけど、気づいたらそうなっていました。鬼海さんの文章は、自分の日常から入って、ちょっとしたきっかけで誰かのこと、何かの出来事をクローズアップして、静かに自分の手もとに引き寄せて消えていく。そういう流れや手腕にほれぼれします。

鬼海　そんな、私には文章の力はないから、チャンプルー（まぜこぜ）なの。書いているうちにこっちのほうかなぁーって感じでいくんですよ。

平田　物書きからするとうらやましいし、逆に自信があるように見えちゃう。

鬼海　いやいや。たぶん写真家の目です。写真はレンズとフィルムという物理的なモノが写してくれるわけでしょ。最初から対象を頭だけで考える必要がない。そこが写真のすごいところで、逆に頭だけで組み立てた写真なんてつまらない。だから目でね、こう野菜を見ても小さな根がチョボチョボ生えているところに視線を這わせたり、全体を眺めたり。

平田　視線がたゆたっている感じなのでしょうか。

鬼海　あなたは作品をつくるとき、題材を意識的にメモしたりしますか。

平田　しません。出たとこ勝負っていうのか、言語になってないモヤモヤを一気に詩に吐き出す感じですね。書いたあとで何をやりたかったか考えてみるけれど、よくわからない。言葉を書きつけるという行為そのものに興味があるのかもしれません。私には鬼海さんの故郷、醍醐村（現・寒河江市）みたいな絶対的な根っこがありません。父が転勤族で引越が多かったこともあって……。

鬼海　そのぶん、自分から離れず、人生でたくさんの引っかけキズをしてきたんだろうなあと不遜な想像していますよ。ゴメン。

東京都杉並区西荻、閑静な住宅街に、そのアパートはあった。25年前、尼崎で暮らしていた平田が身ひとつで飛び込んだ場所である。6年連れ添った夫に日々「出てけーっ」と

ののしられ、ついに出奔してしまう。子どもはいなかった。表現者、生活者としての原点がここにある。

鬼海　出身は島根県隠岐の島ですか。

平田　母の実家は隠岐の島で食料品や土産物の店をやっていて、父が仕事で島に来たときに知り合ったそうです。でも双方の親が結婚に反対しました。父方は福岡の公務員で、隠岐の島など流人の島、未開の地と見下していました。

鬼海　ほう。そうでしたか。

平田　父と母は駆け落ち同然で結婚しました。その後、島根県の浜田市で暮らしていたときに私を身ごもり、里帰り出産。浜田に戻って、鳥取県の境港に移り、私が小学校入学前に再び、隠岐の島に戻ります。隠岐で5年暮らしたあと、下関、北九州、徳山など転々としました。大学は京都で、尼崎経由で東京に来た、というわけです。

鬼海　なんだか、ずーっと流れ続けていたみたいだなぁ。

平田　鬼海さんが東京に出てこられたのは……。

鬼海　1965年です。まず大井町の3畳部屋に住みました。百姓の倅《せがれ》だから、体を使って生きている人がいるところじゃないと落ち着かない。町工場があって、大工や左官、タイル工の職人が生き生きしていました。

平田　東京に来て、違和感はありませんでしたか。街や人に対して。

鬼海　さほどなかったな。

平田　山形弁のコンプレックスはありませんでしたか。いまは堂々と訛っておられますけど（笑）。

鬼海　最初はね、標準語を話そうと思って、やってみたのよ。

平田　へぇー、矯正しようとしたんだ。じゃあ、ちょっと東京弁でしゃべってみてくださ い（笑）。

鬼海　いやぁー、僕とか、君とか、さぁ（笑）。でも、30歳ちかくになって青森に遊びに行ったとき、喫茶店に入ったら、ネンネコで子どもを背負ったおばさんと店の人が「きょう、なんちゅういい天気だべ」とか話してた。それが、NHKの天気予報なんかの口調より、互いの人間関係もわかるし、よっぽど言葉が膨らんでいると思ったのよ。それから訛っていると言われても全然気にならなくなったな。

平田　私は、東京の男の人が語尾に「かしら」をつけるのが最初ダメでした。そろそろ帰る時間かしら、とか。杉並あたりの上品な、谷川俊太郎さんみたいな人がおっしゃるのが（笑）。なんとか「だぜ」や、なんとか「じゃん」も、何それって感じでした。東京には憧れと同時に反発もありました。きっと関西を引きずっていたんでしょう。鬼海さんには悪いんですが、東京に出てきて間もないころ、浅草に行くと体調が悪くなってたんです。

鬼海　ああ、西から来た人には浅草はあわないかもなぁ。

平田　あそこだけ磁場が違う感じがしたんですよ。まっすぐ歩いていても体が斜めになってしまうような（笑）。呼吸が苦しくなるような感じがありました。

鬼海　あそこで、東と西の文化が衝突しているんだな。

平田　子どものころから、どこにいても、ほかの子と距離を感じていました。流れ者だったせいかもしれません。父が持っていたボードレールの旧仮名遣いの詩集に「エトランゼ（異邦人）」という詩があったんです。ろくに読めもしなかったけど、小学生ながらピタッときました。父とも性格はあいませんでしたが。

鬼海　それは私にもありますよ。大学を出て、表現者になりたいと思うでしょ。でも職業的に成り立たない。で、マグロ船に乗ったりするんだけど、こんなことして遊んでていいのかと。きつい労働でくたくたに疲れて、ほかの乗組員が港々の女の人の話とかしていても、どうも違うんですよ。焦燥感もありましたね。

平田　貧乏自慢みたいですけど、西荻のアパートは、エアコンどころかストーブも扇風機もなくて、3年間コタツひとつです。冬は寒かった。逆に夏は、3階建ての3階だから直射日光に屋根が焙られてすごく暑い。映画の配給会社でアルバイトしながら、詩を書きました。しびれるような孤独感。この先自分はどうなるんだ、と本当に裸の状態でした。

鬼海　人間、どこかで寂しさを持っていないと人間になれないでしょ。

平田　そうですねぇ。

鬼海　ほんとうの寂しさを持っていないと想像力が働かないよ。人間になれません。民主主義だ、何だとワーワー集まって一緒に騒いでいるだけじゃ「個人」になれませんね。

情報が高速で行き交う現代社会は、大きなストレスを生む。こちらが頼んだわけでもないのに、テクノロジーはもっと効率的に、もっと早く、もっと正確にと、人びとを追いたてる。心がしおれ、体は重くなってくる。そこで写真や詩の出番となる。

平田　鬼海さんの写真、とくに人物写真を見ていると、あ、そうかって、目が開かれるような気分になります。これでいいんだ、飾らなくていいんだ、と気持ちが楽になるんですよね。たぶん、鬼海さんのまなざしを通して私もそれぞれの人物のなかに自分に似たものを見ているんじゃないかな、と思うんです。

鬼海　撮るとき、その人のどこかが自分に似ているというのが必須な条件です。

平田　相手が女の人でも。

鬼海　そう。男でも女でも、わかるなって感じ。こんな人になりたくない、関わりたくない、と思った瞬間、想像力は断たれます。撮っている意味がなくなる。同じ、他人とは思えない。そこをベースにするから、その人の特異さが強調できるんですよ。

平田　なるほど。

鬼海　精神科の医者が、患者さんたちが私の写真を見るとほっとするって言うのよ。浅草ポートレートだけでなく、インドやトルコの写真でもそうなんだって。写真を見ると割と落ち着くみたいです。

平田　ああー、それはおもしろい。

鬼海　日本から眺めるとインドとトルコは似ているようだけど、全然、違う。根っこはひとつでも、違います。そこを撮ることで自分の表現も確かめられるんです。

平田　何かわからないけれどとりあえず撮っておいて、あとで確かめるようなことはないんですか。

鬼海　ないですね。どこで何を撮るかはバイブレーションですね。

平田　じゃあ、出会ったときに波動が伝わってくる。

鬼海　そう、あっちから来るの。

平田　撮ってくださいって、やってくるんですか。

鬼海　そう。精神科の気功の先生も私の写真集を待合室に置いておいたそうです。来た患者さんは、すごい顔で写真をじっと見る。次に来ると、また同じところを見ているらしい。

平田　すばらしいなぁ。

鬼海　なまじ、評論家から褒められるよりも、うれしいですよ。統合失調症にしても、うつにしても、要するに孤立しちゃうわけですね。人と人との関係性の病気でしょう。コミュニケーションがとれないことへの本人のストレスが相当あると思います。途切れた回路が写真との私的バイブレーションでつながるとしたら、楽しい。

平田　根っこの山形、旧醍醐村を撮ろうって気はないんですか。

鬼海　何を言うの。肉親にカメラを向けられますか。恥ずかしくって、できません。そして、もうないしね。私のなかの山形は。不思議だよね。子ども時代の5年か10年が、大人になってからの50年に匹敵するほどの根幹になるんですからね。

平田　山形の自然とか、そういうものを撮ろうという意識は？

鬼海　写真で自然なんて写せません。あれは絵じゃないとダメです。写真っていうものは、すべて相関関係しか撮れない。色をつけても、フィルターは因数分解できるものしか写せません。自然のようなものは、撮れない。ＮＨＫでやっていればいい。

平田　はぁ、なるほど。やっぱり人が興味の第一。

鬼海　いや、人間に限らず、風景でも何でも、興味があるのは空間の擬人的なリズムなんだけどね。

平田　空間のリズム？

鬼海　うん。それが美しいハーモニーをつくる。

平田　配置とか？　大きさとか？

鬼海　写真家というのは、空間を切り取って見ているからね。ふつう見えている風景とは違うものを見ています。これは完全にだまし絵のようになっていて、ある一点から見たら、ずーっと視界が風景を引っ張ってくるようなものなんだね。目の中で風景をトリミングしている。いかにいらないものを省くかが肝腎ですね。

平田　難しい。風景のトリミングですか。

鬼海　だから、ふだん私はカメラを持って歩かない。疲れてしょうがないから。無意識に構図のハンティングをしてしまう。

平田　常に、こう頭のなかでシャッターを切っているんですか。

鬼海　そう。シャッターというより、あ、いいな、あの光がよくて、撮れるな、みたいな。でも光は来ない。それで疲れてしまう。

平田　インドやトルコに行っても、最初のうちはカメラを持たないんですか。なじんでから持つんですか。

鬼海　カメラは持つけど、すぐには撮らない。だらーんと無為に時を過ごして、ある種の退屈さを覚えてからそろそろかな、とシャッターを切る。若い写真家の卵は、すぐに技術で撮りたがる。わかってないね。平田さんは、立教大学で詩を教えているんでしょう。

平田　エッセイや小説も教えていますが、詩は演習と講義の両方で。詩って、こんなにおもしろいものだよ、と自分が持っているものをすべて提供している感じですね。学生たちが少しでも詩に興味を持ってくれて、いい詩、おもしろい詩を書いてくれるように助言めいたことをしています。自分の創作とは全然方向が違いますね。

鬼海　学生の反応はどうですか。

平田　若者が詩を読んでいないことは痛感します。でも詩に興味は抱いています。何人かが詩と真剣に向き合ってくれればいい。

鬼海　いますか、そういう学生。

平田　けっこういるんです。傷ついている子は、かなりいます。居づらさをずっと抱えている子もいて、そういう子たちは詩を求め、文学を求めています。

鬼海　そうですか。

平田　苦しんでいる学生は昔より多いかもしれないですよ。ごくふつうの子に見えても、一対一で話をすると何かしら事情があったり。

鬼海　そういう抱えているものを詩に仮託しますか。

平田　そういう子もいます。そこに救いを求めている子もいます。言葉で表現することで救われる。

鬼海　自己救済の部分はありますね。

平田　詩って、とくにそういうのに適しているのかもしれません。

世界は激動している。２０１５年11月13日、パリで凄惨なテロ事件が起きた。その３週間前まで鬼海は個展のためパリに滞在していた。テロの予兆など微塵も感じなかったというが……。芸術の都での皮膚感覚を頼りに対話は続いた。

鬼海　今回の写真展はサブレさんというフランス人の社会学者が企画してくれました。日本に10年ぐらい住んで、数年前にパリに戻った。奥さんはベトナム人で、奥さんのお母さんが91～92歳で認知症でね、朝、誰かわからなくてシュンとしているんだけど、だんだんわかってきて、表情がきらきら輝くんです。目がよどんでいない。そのサブレさんのお宅の独立した部屋を借りて、毎日、自炊していました。

平田　自炊ですか。

鬼海　キンキラキンのベルサイユ宮殿とか、何時間も並んでモナリザを見る趣味はないので、個展会場へ行く道すがらマルシェで野菜とかシャケの頭をどっさり買いこんでね。酒粕は持って行ったの。

平田　パリに酒粕とはすごいですね。何で持って行ったんですか。

鬼海　フランスには大根もある。三平汁だよ。酒粕をサッと焼いてチーズに載せるのもうまい。たっぷり三平汁つくったら2週間もった。オジヤにしたり煮込みうどん作ったり。シャケの頭のスープ、鍋にどーんと作って（笑）。1日1回、火を通す。

平田　いい話だなぁ。エッセイ書けますねぇ。

鬼海　完全にトロトロに煮込めちゃって、軟骨なんてもんじゃない。ぜーんぶ食べられる。

平田　へえ――っ。

鬼海　いちばん最後は、目玉がふたつ。こんなの（指で丸を作る）が残ってた。だからご苦労様ですって（笑）。パリは人間の生活の営みがちゃんと残っていていいね。パチンコ屋もないし、ネオンもない。

平田　夜が、しっかり暗いのがいいですね。よく鬼海さんは写真は何も写らないっておっしゃいますよね。

鬼海　思う心がないとダメなんですよ。表現って、情報を超えて、ポッと世界を丸くしたいという願望がないとね。

平田　写らないとすれば何を撮ろうとしているんですか。何を願って撮っているんだろう。

鬼海　写真を見て、少し人間を好きになって、少しだけ未来が見えるといいだろうと単純に思ってます。

平田　人間以外を撮るときは？

鬼海　同じだよ。擬人化できるもの。

平田　建物の窓とか。洗濯ものは人間の名残があるけれど。

鬼海　そこまで添うわけじゃないけど、それを見ると別の物語に入れるような風景と出会ったら、撮る。

平田　なるほど。風景と出会うのと、人と出会うのって……。

鬼海　同じぐらい、まれですね。

平田　そうですか。今日、撮っていただいた西荻はどうでした？

鬼海　出会えた。1枚か2枚は撮れている。けっこういい確率でした。

平田　最近、8年ぶりに詩集を出しました。自分をまた1回捨てた感じがしています。新たなところに踏みだして、見知らぬ自分と出会えるかもしれない。そういう出会いの感覚は、本を出すたびにあります。鬼海さんと同じように、詩にも何も書けない、何もできないという思いも一方でありますけど。

鬼海　まぁ、書いたり、撮ったりできるのも、この国が戦争なんかしてないからだよね。変な雰囲気漂うねぇ。

魚は頭から腐る。日本の中枢はどうだろう。冒頭に紹介した平田の詩「目的、鼻的」はこう結ばれる。

ハンドルを摑まえている運転手
乗客はバスに捕まえられて
目的地という敵地に
連れていかれる

作法の良い猫　2003

弁護士事務所と児童公園のある坂道　1990

日陰の中の肌着　1997

なだらかなカーブ

道尾秀介

僕も知らない世界に、読者と一緒に入っていく

道尾秀介（みちお・しゅうすけ） 1975年、東京都出身。小説家。会社員として働きながら小説を執筆。2004年『背の眼』で第5回ホラーサスペンス大賞特別賞を受賞してデビュー。以降、旺盛に執筆を続け、『シャドウ』で本格ミステリ大賞受賞、『カラスの親指』で日本推理作家協会賞受賞、『龍神の雨』で第12回大藪春彦賞受賞、『光媒の花』で第23回山本周五郎賞受賞。11年には『月と蟹』で直木賞を受賞した。著作は『ラットマン』(08年)、『透明カメレオン』(15年)、『スケルトン・キー』(18年)ほか多数。 ホームページ：http://michioshusuke.com

数々の文学賞を受賞し、小説家として人気絶頂の道尾秀介。初めて触れた鬼海弘雄の作品は『世間のひと』(ちくま文庫)だった。浅草ポートレートの間に短いエッセイが何編か挟んである。白黒の肖像写真には「入歯まで冷たい日だという老人」「柱で背中を掻いていた人」「サロンパスのにおいのする男」……と五感を総動員したキャプションがついている。ふたりの対談は「言葉」を接点として滑りだした。

道尾　初めて鬼海さんの写真を見たとき、川端康成の短編集『掌の小説』を思い出しました。一編ずつがドラマチックなんです。鬼海さんの写真も一点一点に物語性がありますね。そして鬼海さんの文章を読んでたまげました。大きなサングラスをかけた女性の写真キャプションが「ギンヤンマに似た娘」。エッセイでは猫のゴンがU字の磁石の形になって伸びをする、とか。こういった比喩は、僕なんか逆立ちしても思いつけない。脳みそじゃなくて肌で感じるタイプの比喩なんですね。

鬼海　それは、もともと私が文章を書けないからです。書けないって思いがずーっとありますね。おそらく写真を撮っていなければ文章を書いてはいなかったでしょう。

道尾　文章修業っていうのはされたのですか?

鬼海　特別してないですね。最初に文章をつづった本は『印度や月山』(白水社・1999

年)。書くことは仕事じゃないから、だらだらやるわけで。私の文章は自分の体の陰の部分が多いからね。頭で書く人と違って、ほとんど身辺雑記で体験したことだし……。

道尾 僕らの仕事って、じつは7~8割はレタッチなんですよ。加工して、加工して、できあがったときには最初になぜこれを書こうと思ったのかが思い出せないくらい変わってる。鬼海さんの写真と文章は、それとまったく逆です。ワンセンテンスに情報がぎっしり詰まっていて、ちょっと目が滑るとどこまで読んだかわからなくなる。主体を見失ってしまう。奥行きが他の人の書く文章と全然違う。そこが勉強になります。

鬼海 写真を撮っていても、どこかで言葉を探す感じはありますねぇ。ふつうの人を撮って、ひとごとではない感覚を伝えるには、やはりフィクション性が必要なんです。そこは言葉と絡んでくるでしょ。

道尾 写真がフィクションですか。

鬼海 それは被写体に誰を選ぶかから始まっています。一過性の変わった人ではなく、普遍性までいくには、顔かたちだけでなく、服や身につけている物、履いている物などのディテールが非常に気になる。服が、その人の皮膚のように、甲羅のようになっていないとおもしろくない。いくら奇抜な格好をしていても仮装用の貸衣装ではダメなんです。

道尾 そうか、一つ合点がいきました。「紫のカバンを持つ女性」というキャプションの写真がありますね。ところがカバンは写っていない。でも、この人だったら紫のカバンだなって、すごく腑に落ちるんです。

鬼海　写真でわかることはキャプションにしませんよね。やっぱり言葉と写真が組み合わさって、ウオーッと立ち上がってくるのがおもしろい。モノクロだけど紫っていえば写っている人の人柄も彷彿されます。

道尾　そうですね。「歩幅の小さい女性」も名タイトルです。絶対に写真には写りません（笑）。「カラスと暮らす男」っていうのも、その人の生活がしのばれる。人生が立ち上がる一行です。鬼海さんは写真のフィクション性を見る側に預けていますよね。

鬼海　そこのところはずっと、私は隠してきました。見る人の想像力が動きだしてこそ、写真は隠していたものをたくさん読み取ってもらえます。逆にいえば、免許証の写真を1億枚並べて、これが人間だと言っても通じない。

道尾　なるほど。はい。

鬼海　免許写真をいくら並べても水のように流れる人類をあきらかにするものではないですね。フィクション性を考えるときは、やはり言葉で考えるでしょ。言葉が大事なものをつなげるって感じです。一度見ても、何年か経って、もう一度見ればああーっと感じてもらえる写真は必ずあると思うんです。

道尾　写真って、最もノンフィクションに近いはずですよね。それでフィクション性を出すというのはおもしろい。

道尾の小説と鬼海の写真は、ともに「市井の人」を素材にしているところが似ている。小説と写真では表現の仕方は違うけれど、人を描こうとするエネルギーの出所はかなり近い。なぜ、ふつうの人を描こうとするのか。

鬼海　道尾さんは、最初から小説家を職業にしようと思った？

道尾　思いました。19歳のときになろうと決めました。ただ、10年間やってなれなかったら才能がないと諦めよう、と。食いっぱぐれないよう会社も二つ勤めて、29歳でギリギリで小説家になれたんです。

鬼海　何度も直木賞の候補になりましたね。

道尾　5回目で取れました。

鬼海　途中でめげなかったですか。

道尾　よく言われますけど、文学賞は選考委員の好みとか運で決まるので、賞には興味がなかったんです。

鬼海　スゴイ。でも、それから立て続けに賞をもらっていますねぇ。私の場合は、写真家になろうと思ってマグロ船に乗って、次の年に浅草で撮ったやつが日本広告写真家協会の特選になってチョロイと思った（笑）。でも、すぐに、撮りたいものではお金にならないとわかった。生業にならないのに続けるのなら、一番のコア、「人」しかないと思って撮り続けたんです。

道尾　やっぱり「人間」なんですね。

鬼海　人間って、私たちが考えているよりも、素晴らしいものと思わなければ……。

道尾　僕のモチベーションも人なんですよね。人っておもしろいなって思うと小説が書きたくなる。生まれて初めて小説をちゃんと読んだのは17歳ぐらいのころでした。そこからのめり込んで、最大の趣味が小説を読むことになったのですが、もしそれまでにたくさん本を読んでいたら、たぶん作家にはなれなかった。生身の人間と関わり合って得た、いろんな経験が小説のもとになっている。木を書くのなら森に入るように、人間を書くなら人間の中に入らなきゃって今も思っています。

鬼海　どこか人間は、人間らしく生きたがっていますよね。

道尾　今時あまりはやらないかもしれないですけど、人情とか真心は小説に書きたいんです。

鬼海　『向日葵の咲かない夏』（新潮社）にしても、『カラスの親指』（講談社）にしても、道尾さんのミステリー作品は場面、場面のリアリティーがすごい。

道尾　よく文字でスケッチするんです。おもしろい人や景色、興味深い何かを見たときには文字でスケッチします。でもそれを小説に直接落とし込むことはせず、作中の情景描写は、基本的に「見たことがないもの」を書いています。僕も知らない世界に、読者と一緒に入っていく感覚ですね。だから病院のシーンを書くからって病院を見に行きはしません。読者が見ていないものを僕が見て書くと視点に齟齬が出ちゃう。10伝えるつもりの情報を書いても6、7ぐらいしか伝わらない。

鬼海　事前に調べたり、インタビューをしたりはしませんか。

道尾　書籍はたくさん読みますが、文字数でいえば90％は想像ですね。人へのインタビューはしません。各論になってしまうので。人を書く際は、極力、表情とか服装は書かず、トリガー的なもの、しぐさとかだけ書いておいて想像してもらう。僕は久世光彦さんの文章が好きなんです。久世さんの小説で登場人物が少年期に見た女性を描写するところがあるのですが、「紫の帯がよく似合う人だった」の一文だけ。ルックスは書いていないけど、人物造形はそれで十分。あの境地にいきたい。

鬼海　写真のリアリティーとは別物だなぁ。私は、その人のシャツのしわやボタンの色、顔だけじゃなくて、首の線、指の線、体重をどっちにかけているかとか、具体的なものに執着しますね。道尾さんは形容詞的なものを削ぎ落として書いているのに現実味があります。『カラスの親指』に出てくる隠れ家の一軒家なんて実際にありそうだもの。

道尾　あの小説が映画化される際、スタジオに一軒家のセットを組んで撮影していましてね、遊びに行ったんです。そしたら、小説には間取りなどいっさい書いていないのに、畳の染みから洗濯機の位置、部屋のつくりもすべてイメージどおりでした。どうやって情報を吸い上げたのか。どの道でもプロはすごいと思うとともに僕自身、自信がつきました。

鬼海　若い人一般に対して、私は絶望的になることもあるんだけど、道尾さんの『向日葵の咲かない夏』は100万部も売れている。感性を全部解放して自分を共鳴板にしなくては読めない本を、大勢の若い人が読んでいるのはいいことです。

道尾　アンチもたくさんいますし、怖い物見たさで手に取られた人も多かったみたい。でも買っていただけるのはありがたい限りです。

鬼海　思春期の子どもの感性も道尾さんはうまく描写しますね。

道尾　人は、10歳ぐらいのころに子どもから大人に移り変わっていきます。女の子も男の子もどこか中性的なところがあって、ほんとうにいろんなものが渦巻いていて、まさに過渡期なんですね。それを書いていると、書きたいことがいっぱいあって削るのが大変です。

鬼海の写真のエッセンスを解きほぐしていくと「言葉」や「人」とともに「コミュニティー」が浮かび上がる。たとえば浅草ポートレートで「一番多く写真を撮らせてもらったひと」(『誰をも少し好きになる日』所収)と紹介された小柄な女性、さくらさん。身寄りのないお姐さんは「たちんぼ」で2013年暮れに亡くなった。彼女がいた路上の「祭壇」には花束がいくつも供えられていた。「喪主は浅草だ」と鬼海はふり返る。道尾の小説もコミュニティーへのこだわりが感じられるが、疑似性が濃く、鬼海の風土への回帰性とは異なる。そこがまた興味深い。

鬼海　20年以上、さくらさんを撮りながら、亡くなるまで名前も知らなかったけど、彼女が抱えているつらさ、大変さ、それが世間のためにならなければどうするんだって思いがあるんだよね。その悲しさは、ふつう、ブベッされ排除されるわけだけど、人間を考えるとき、他人が持っている悲しみっていうのは、圧倒的な表情になるんですね。それは簡単に救えるものではない。だけど、どこかに夢があるだろうって思わないことにはコミュニティーとか、人間の生き方っていうのは、まるくならないと思います。

道尾　その信念で、写真集は彼女の部分にいちばんページを割いていらっしゃる。

鬼海　そうですね。会っているときは、特別に感情移入して、こっちの感情がガタガタ震えていたわけじゃない。それが亡くなったと聞くと、ぐっと、こう動きだす。浅草という場所、外からは容易にうかがいしれないコミュニティーの力なのかな。

道尾　僕もコミュニティーへの思いは強いです。ただ、疑似家族っていうか、名前のついていないコミュニティーですね。そういうコミュニティーって、たくさんあると思うんです。クラスター（群れ、集団）というのかな。飲み仲間だったり、趣味のグループだったり。名前がついている家族のコミュニティーの強固さがどんどん薄れてきて、いまや他人のような家族よりも、家族のような他人のほうのつながりが強いって時代になってきているので、そういう意味でのコミュニティーにはすごく興味があります。

鬼海　観光客は別として、浅草にふらりと来る人は「素の顔」を置いていくんだよね。まずお金を使わなくていいところだから。同じ人が銀座を歩いていたら、ああはいかない。目が血走っちゃう（笑）。やっぱり磁場ってあるんだよね。江戸時代からずっと、みんな働いていて、ハレの日しか来られないんだけど、何か、肌に近い価値観で人を吸い寄せる。誰もがよそゆきの顔にならないんだよね、浅草は。だから合う。撮れない日も時間を過ごせるってのは、そういうことなんです。

道尾　僕は、北区王子の育ちで、子どものころから浅草もたまに来てはいたんですよ。でも、浅草の現代人の顔を、白黒写真であれだけたくさん見たのは鬼海さんの写真集が初めてでした。こうも違って見えるのか、と驚きました。もちろん写真の力なのでしょうが、白黒のフィルターを通したときの人間の面立ちの違いというか、それはびっくりしました。線がはっきり見える。昔聞いた話ですが、美人で名高い女装家の方がいて、あまりの美しさに誰も男性だと気づかなかった。美女だと信じられていた。ただ、一回、白黒で写真を撮られたとき、誰の目にも男性に見えたらしいんです。化粧の色やなんかがなくなっちゃって。それを思い出しました。

鬼海　白黒は削ぎ落とすからね。

道尾　ええ。本質をどんどんむき出しにしていきますよね。

鬼海　ケンタッキーフライドチキンのカーネル・サンダースの人形と、彫刻家の石膏像とどっちに存在感があるかとなれば、やっぱり石膏像でしょう。人形はカラーだけど、人の本質とは遠い。

道尾　そうですね。何かデフォルメされている気になっちゃいますね。

鬼海　カラー写真にふさわしいのは、子どもの運動会とか、世界遺産でしょう。あと料理写真ですかね。やっぱり情報ですから。

道尾　ああ、料理はそうですね。ただ、白黒の静止画、写真はおもしろいんだけど、動画はカラーのほうが「見やすい」と思ってしまう。

鬼海　う－ん。白黒ならではの静謐ないい映画は昔はたくさんありました。それでずいぶんと私は感情教育されました。

道尾　「にっぽん昆虫記」（今村昌平監督、左幸子主演、63年）ですか。鬼海さんのエッセイで、人生で大きな影響を受けた作品と紹介されていたので取り寄せました。まだ見てないんですけど。

鬼海　主人公の出身地が、私の生まれた山形の村から20キロぐらいのところに設定されていて、貧乏な農民の出でね、身近な人を主人公にして映画が撮れる、物語を紡ぐことができると知って、とても刺激的でした。大島渚さんみたいな監督が、どんどん「これが正しい」と制作する映画にはついていけないというか、私の体から離れていていまひとつだった。当時はフランス、ヌーベルバーグのジャン＝リュック・ゴダールの映画がはやっていて、その映画が理解できない自分は頭悪いな、絶望的だなって思っていた。ところが「にっぽん昆虫記」は、そうじゃない。

道尾　ふつうの人にズームインしていくわけですね。

鬼海　テオ・アンゲロプロスの「旅芸人の記録」（ギリシャ・75年）もよかった。戦時下のギリシャを舞台に旅芸人の視点で、淡々と旅をしながら現代政治史を横断していく。４時間ちかい映画で眠くなるけど、ふつうの人の生活のなかに何か真実があると思ったわけですよ。ふり返って、眠くなる映画で傑作だと思った初めての映画でした。

道尾　鬼海さんが写真のキャプションに仕込んだフィクションの種を、見る人が膨らませる。その原点が「にっぽん昆虫記」や「旅芸人の記録」にあるのですね。

鬼海　白黒であれ、カラーであれ、映画は突きつめればドラマツルギー（作劇法）でしょう。写真はもっとぶきっちょな表現ですから。ただ私は人間を丸ごとどうにかつかまえたいと単純に思っているからですね。

現代社会に生きていると、誰しもストレスがたまる。表現などという孤独な作業に携わっているとなおさらだ。長く、活動し続けようと思えば、ストレスとのつき合い方も表現者には求められる。

鬼海　作家になられて10年過ぎたんですよね。

道尾　現在、11年目です。

鬼海　ずっと書いていくんですね。

道尾　やっぱり定年がないですし、ずっと書き続けていきます。

鬼海　音楽やってるんでしょう。

道尾　やっています。楽器は、ずっとギターを弾いてきたんですけど、いまはアイルランドの「ボーンズ」という打楽器に夢中です。２本の木のスティックを片手の４本の指で挟んで、手首の回転で鳴らすんです。ケルト音楽のバックに入っている、この民族楽器がすごく奥深い。ベリーダンスの曲との相性がよくて、来週も、Heqna（ヘクナ）さんというベリーダンサーのステージに呼んでもらって、後ろでたたかせてもらうんです。

鬼海　アイルランドは、ジョナサン・スウィフトからジェイムズ・ジョイス、サミュエル・ベケットと作家や詩人がいっぱい出ていて、ケルトの多神教的なスピリットが魅力的ですね。

道尾　昔は動物のあばら骨を使っていたそうですが、いまはこれ。ローズウッドです（と、バッグからボーンズを取り出す）。指に挟んで、こう鳴らします（カタカタカタカタと乾いた音がする）。

鬼海　硬い音ですね。

道尾　硬くて抜けるんですけど、単純だからギターともよく合います。

鬼海　音楽と小説のかかわりは？

道尾　ありますね。イントロ的に食器を洗う音から情景描写に入ったりとか。音楽のダイナミズムにすごく興味があって、曲でも小説でも、サビがあるのが好きなんです。打楽器をやっていると、Aメロ、Bメロは抑えて、サビで複雑なフレーズを入れる、とか。そこは小説と似ているかもしれません。

鬼海 じゃあ、小説書くのに疲れたら、これたたいてるんだ。

道尾 そうそう。打楽器は気持ちいい。これをやっている限り、ストレスフリーの生活です（笑）。鬼海さんは、何を？

鬼海 自転車。

道尾 ああ、乗られているんですか。

鬼海 1日多い日は100キロぐらい走ります。3月下旬に速度計とタコメーターを入れてね、総走行距離が2600キロを超えました（2019年6月現在、2万600キロ）。

道尾 うわ、日本列島を突き切るぐらい走ってる。川崎周辺ですか？

鬼海 多摩川の河川敷にサイクリングロードがあるんです。トラックが走っている道路は怖いですから。もっぱら河川敷ですね。

道尾 ドロップハンドルのスポーティーなやつですか。

鬼海 ええ。少し走りすぎかもしれない（笑）。写真は、やっぱり体力、気力が必要です。最近、急に落ちたなって感じてね。去年の秋にサンフランシスコの芸術大学の大学院に招かれて、喋ったんです。学生は50歳過ぎた弁護士とか、幅があった。人生経験を積んだ人が、自信を持って写真にトライしている。いい刺激になりました。で、私も体力を考えて自転車やろうって。

道尾 もう、何もせずにただ走っているんですか。

鬼海 平均時速20キロ少々で、ひたすら5時間ぐらい走ります。

道尾 「何もしない5時間」って、なかなかないですよね。

鬼海 私は田舎者だから、河川敷の雑草とか、流れのカーブとかが非常に心地よい。まず6千キロが目標。インドまでの距離です。その距離を踏めたら、もう一度、インドに撮りに行きます。次はトルコで9千キロですね。

道尾 へえ——ッ……。

温かい日差しが注ぐ午後　Divriği　2000

轍が光る雨あがりの道　Safranbolu　2001

田口ランディ

人生に刻まれたものを写しとっちゃうから怖い

田口ランディ（たぐち・らんでぃ） 1959年、東京都生まれ。作家。広告代理店、編集プロダクションを経てフリーライターとなり、2000年に『コンセント』で小説家としてデビュー。『アンテナ』（00年）、『モザイク』（01年）、『富士山』（04年）、『サンカーラ』（12年）、『リクと白の王国』（15年）、『逆さに吊るされた男』（17年）などの小説を次々と発表する。エッセイに『もう消費すら快楽じゃない彼女へ』（99年）、『ほつれとむすぼれ』（04年）、対談集に『生きる意味を教えてください』（08年）などがある。

写真家として歩きだしたばかりの鬼海弘雄は吸い寄せられるように浅草寺に向かった。以来、四十数年。堂宇の壁をホリゾント代わりに無名の人びとの肖像を撮り続けている。田口ランディも浅草には深い思い入れがある。「鏡の国への鏡」というエッセイに、幼い娘を連れて父と会い、浅草に遊んだときの記憶をこう記す。「若い頃からずっと、遠洋マグロ漁船の乗組員をしてきた父にとって、浅草は『自分と同じ匂いのする人々』のいる町であり、ここで出会う人びととは旧知のように言葉を交わしていたものだ」

浅草は身体に労働がしみ込んだ「原日本人」を引きつける。その磁力を手がかりに話はほろ苦い「青春」へとさかのぼる。

田口　初めて鬼海さんのポートレート集を見たとき、茨城・下館の親戚のことを思い出したんです。母の実家がある下館で私も高校を卒業するまで暮らしたのですが、お盆とお正月には、このひと縄文人？　みたいなコテコテの親族が集まって、ずーっと宴会していました。ドテラを着た伯父が火鉢の脇に座ってキセルでたばこを吸いながら、懐から饅頭を出して、私にくれる。一度見たら忘れられない顔です。

鬼海　あぁ、はいはいはい。

田口　中学、高校に進む頃には茨城も都市化してサラリーマン家庭が増えるでしょ。うちは人種が違うとウンザリした。アメリカナイズされた生活に魅かれていたから、カッコ悪い親戚の輪に入るのがすごく嫌だった。早く脱け出したくて、憧れの寺山修司（劇作家・歌人・評論家、1935～83）に手紙を書いて、高2のときに寺山さんから電話がかかってきて、詩集やアンダーグラウンド映画の制作の手伝いで東京に来るようになりました。

鬼海　寺山さんは青森出身で、非常に多才で魅力的な、青森訛りの強い人でしたね。

田口　同世代の女の子5～6人で役割分担して寺山さんの作品づくりを手伝いました。私は5万円渡されて映画に出る美少年のスカウトを任されたりね。ダサイ田舎を捨てて、前衛的な寺山ワールドに入ったんです。ところが、不思議なことにアングラって、とっても田舎臭いんですよ（笑）。東京の最先端のはずが、劇団「天井桟敷」の人たちにしても、カッコいいんだけど、伯父や伯母と同じ匂いがするの。あんなに否定していたものに惹かれる。なぜだろうって。鬼海さんの肖像写真には思春期に大否定した人たちが、じつにカッコよく写ってる。青春時代を思い出させてくれます。

鬼海　浅草にくると、ホッとしたんです。村から出稼ぎにきた次男、三男がいっぱいいると感じて。73年に初めて撮った浅草ポートレート7枚を公募展に出したら、特選に入って、チョロイと錯覚した。六本木で飲めるようなカメラマンになれるかもしれない、と。それが大間違いだった（笑）。だけど、毎回、浅草に来れば撮れるわけじゃなくて、ゆっくり、ゆっくり、噛むように人を撮ることを勉強しました。そのうち、向こうから声をかけてきたり……。写真家は「撮らされる」のも重要。でないと作為的な、頭のなかの射程でしかとらえられない。向こうからきて、出会う。出会いイコール〝仕合せ〟だと思います。

田口　以前、浅草の人混みに半日いてもオーラを出している人にはめったに会えないって言ってましたよね。向こうから撮ってというのはいいんですか？

鬼海　声をかけてきた時点で、向こうはオーラを発してるんだよ。そういう場所に私がいるかどうかです。私が撮る人は、抽象的に情報化されるのではなく、全体が浮かび上がってくるタイプです。単に変わった人じゃなくて「この人はあなただよ、おれだよ」という部分を全体像として増幅できる人たちだから、ひとごととしてではなく、くり返し見てもらえる。それで写真が立ってくるわけです。

写真家は直接なにも啓発していなくても、観る人の記憶の底に沈んでいたものが揺り動かされるのでしょう。たぶん懐しさをたくさん持った人ほど、それぞれの肖像の生の声を聞くことができるのかもしれません。

田口は肉親との凄絶な生活を経験している。父は気性が激しく、多動ぎみでアルコール

依存症だった。兄は、そんな父との精神的葛藤からひきこもり、やがて衰弱死する。母も夫婦生活に疲れ果てる。若くして家族と離れた田口は、新聞専売所の住み込み従業員、ウエイトレス、銀座のクラブホステス、編集プロダクションの運営とさまざまな仕事に就いた。鬼海もまた、浅草にたどり着くまでに肉体労働をいくつもこなしている。

労働とは自らの行為で広い意味の自然と関わり、価値あるものをつくる過程と定義づけられるだろう。どんな単純労働でも何らかの形で自然と向き合わねばならない。だから人間の感覚が磨かれる。労働と表現の振幅のなかから、ふたりは作品を練り上げてきた。

田口　すごいですよね、鬼海さんの職歴。

鬼海　まず高校を卒業して農業試験場に入って試験管を振っていました。落ち着かなくて、東京がおいで、おいでをするわけよ（笑）。法政大学に入ったら学生運動の最盛期。機動隊と闘う気はなくて、宙ぶらりん。たまたまアンジェイ・ワイダ監督の映画「灰とダイヤモンド」をみて衝撃を受けた。映画ってすごい。人を考えられる力を持っていると思った。映画評論でも知られる福田定良先生（法政大教授・哲学者、1917〜2002）と出会って対話できて、表現って人生でいちばん贅沢な遊びだと思っちゃった。やってみたいなぁ、と。でも学校の成績は悪いし、どこに自分の場所があるかわかりませんでした。

田口　そうですよね。最初から椅子があるわけじゃない。

鬼海　大学を出て、安定した場所に入るとズルズルいきそうだったので、トラックの運転手、期間工、薬屋の荷物の発送などをやりました。表現の分野に進む自信がなかった。そんなときにダイアン・アーバスの写真集を見てびっくりした。何回見ても飽きないんです。それで写真をやろうと思った。カメラ一台あれば続けられそうだし、コンポラの流れもあって「感性を信じて」なんて言って撮ってみたんです。だけど、あるとき、はたと自分の写真には何にも写ってないと気がついたわけよ。覚悟も考えも全然ないんだもの。

田口　なんで気づいたんですか。

鬼海　見たら、全然つまんない。撮った！　という高揚感もないし、ペラペラだった。表現を諦めるかどうか自問しました。諦めないのなら自分の居場所を変えよう、どうせ変えるなら過激に、とマグロ船に乗ったんです。27歳でしたが、いちばん下っ端でした。

田口　27でマグロ船に乗ろうなんて、どうかしてますよ。うちの父は元予科練で、まわりはほとんど戦死しています。結核で入院していて命拾いしたんです。戦後は、よほど軍隊時代のことがショックだったようで、もっと苦しい職業を、とマグロ船に乗ったんです。親族一同は大反対だったそうです。

鬼海　私は、あさま山荘事件（72年2月）の頃で、履歴書に大卒と書いたら船に乗せてくれなかった。過激派に疑われてね。最初断られたけど、2回目に盲腸を取って行った。これで迷惑かけないから乗っけてくださいと頼んだら、OK。マグロ船の仕事は単純だけどスピードが要求されるんです。15～16歳から始めないと仕事についていけない。27歳では難しい。一人遅れるとみんな迷惑するから、いじめられたなぁ。

田口　父はマグロ船に乗ると何も考えなくてすむと言ってました。忙しくて、ハードで、考える暇がない。でも、考える暇がない人間ほど深いところにいくんですよね。

鬼海　太平洋戦争の軍隊の組織がこんな感じかなぁと思いました。だけど、人間っておもしろいもので、よしっ見てやろうと居直るとその場所にいられるんですよ。一方的にいじめられても、鎌首をもたげて見ていたら、呼吸しやすくなる。たとえば、とっても意地悪な、背中に入れ墨を彫った男が、一緒にワッチ（航路監視）していてね、不意に「鬼海よぉ、この天体にな、生命が、人間と同じようなのがいるんだよなぁ」とかって言うわけよ。

田口　そうそう、うちの父も似たようなことを洩らしてました。なんかね、現世じゃないものにアクセスするみたいです。あの極限状態に置かれると。

鬼海　思わず、見直すよね。ヤクザ者がさ、永遠とか、無限とか想像もつかないことを口にするんだから。あぁ、人間は地球の深いところに根をおろしているなぁなんて錯覚する。船には8カ月乗って降りました。船長は「嫁を世話するからもう少し乗っていろ」と言ったけど、ひと航海で十分。航海記を書く気はなかったし、船で撮った写真が「カメラ毎日」の編集者の目にとまって7ページ載せてくれた。本格的に写真をやったらと言われて、現像所に3年間勤めました。一枚ずつ自分でプリントして作品をつくらねば、と思ってね。毎日、酢酸の匂いと湿気に満ちた暗い所で仕事していたから、休日はとにかく外気にふれたい。それで浅草に通うようになったんです。

田口 私も鬼海さんに負けないくらい職業を変わっています。それもたいへんなところばかり。単にお金がなかったから、そこに行ったのです。何かを見てやろうというわけではなかったけど、新聞の専売所はおもしろかった。専売所を舞台にした小説を書いていますけど、ほんとうにダメな人たちの集まりでした（笑）。私のいた専売所は。

鬼海 労働といえば、工事現場で交通整理をしている人って、いい顔をしてるんだよね。何してきたの？　って聞きたくなる。水が流れやすいように生きてきたんだろうな。いい顔しています。木の枝のように曲がっていようが、なんだろうが、いいんです。

田口 単純労働をくり返している人って、なぜかカッコいいんですよ。

鬼海 それは、たぶん自分は特別な人間じゃないって思っているからだよね。

田口 こないだ札幌駅前の大通りで、オオーッという人に会いました。靴磨きのおばあちゃん。高層ビルの前で観光客やサラリーマンが通行しているんだけど、その人の周りは違う空間でした。動きに無駄がなくて、テキパキしている。全身全霊で自分を表現しながら働いている人って元気をくれる。ふなっしーもそう（笑）。生きていることがアートです。

鬼海　他人に対してコミュニケーションがうまい。楽しさが伝わってくる。

田口　基本的に自分が好きなんだろうな。

鬼海　自分を好きになれたら他人《ひと》も少し好きになれるからね。

鬼海の表現欲に火をつけた映画監督のアンジェイ・ワイダは写真集『PERSONA』の推薦文にこう書いている。

「今回の写真集でわたしがもっとも興味を引かれたのは『使いかけの電車のプリペイドカードを買わないかと訊く男』である。この男の思いが乗り移ったかのように、わたしは自分に問いかける——この男はプリペイドカードとともに『使いかけの』人生まで売ろうとしているのだろうか……。サミュエル・ベケットの戯曲に登場する悩み多き男たちを連想させる一枚だ」

鬼海が撮った人は多様に語りかけてくる。この物語性はどこからきているのだろうか。

田口　浅草の肖像写真を見ていると、一人ひとりの短編小説が書けそう。プロフィルとか勝手に浮かんじゃう。その人がどんな家に住んで、どんな家族構成で、いかに人生を過ごしてきたかが浮かんでくる。その人のコンプレックスなんかも手触りとしてわかる。圧巻ですね。その人物の背後が写っているからでしょうね。

鬼海　私の写真はその人のコピーじゃなくて、現実なんか関係ないわけです。その人をめくると、100年先でも200年前でも人類はおもしろいだろう、と提示できるような形で撮りたい。めくられる人は自身の自由を持っていて大衆のためになんて全然思ってない。そこも大事です。実際には「いま」を撮るんだけど、「いま」を超えたい。レンズは愚直だから、それができそうな気がします。

田口　レンズが愚直?

鬼海　そのまま写るでしょ。シャツの汚れとか、首から肩の微妙なラインとか、そういったものが、すごく饒舌に語ります。文章とは違うレンズとフィルムの関係が語るんです。それが魅力なんだよね。人が大脳皮質で考えたものを超えられる何かがある。

田口　それに人間は傷があるからおもしろい。生まれてからずっと傷を刻まれているのに、お見合い写真のように傷を隠す写真もある。でも、傷をぜんぶ写すぞっていうのが鬼海さんの写真。人生に刻まれたものを写しとっちゃうから怖いなって思いますよね。

鬼海　いまの世のなか、成功例ばかり求めるからつまらないでしょ。人間はコンプレックスとか、失敗から想像力が湧いてきます。それを、いくら金があるからって、24歳の男がタイまで行って精子だけ提供して代理母に16人も子どもを産ませるなんて生き物としても最悪でしょ。想像力が貧しい。薄っぺらだよ。

田口　とんでもないお金持ちの価値観ってふつうじゃないです。お金って人間の外部装置になっていく。生まれたときには持ってないお金というものを抱え込んでいくと人間じゃないものになる。鬼海さんが、ああいう薄っぺらな人を撮るとどうなるんだろう。

鬼海　興味ないなぁ。カメラ向けたくない。地べたに根っこ張ってないもの。何でも金で買える、交換価値でいけると思っていること自体、人間としての劣化でしかないな。

田口　そうか、鬼海さんの写真は鬼海さん自身だから。エネルギーを受けるものにしか興味がないんですね。それはスタイルだと思う。他人をヘナヘナさせたり、ショックを与えたりするのを自分の表現にしている人もいて、気持ち悪いと言われながらも評価されている人もいます。それぞれのやり方だから。鬼海さんは人間の強さ、豊かさ、本質的な美を表現したいとしているわけですね。

鬼海　でもね、美女を撮ってくれと言われたら、そっちにいくよ。

田口　いや、鬼海さんは絶対撮りません。美人なんか（笑）。

思いきって言えば、鬼海は西欧に発した産業化、近代化の流れをも「100年先でも200年前でも人類はおもしろい」という視点で超えようとしている。カメラは紛れもなく近代の産物なのだが、表現への思いは時世に縛られていない。だから言語や宗教、国境に関係なく、見る人を惹きつけるのだろう。効率化、最適化を目ざして飛び交う情報とマネーに対して「それって幻想かもね」と写真をして語らしめるのである。田口は、そんな鬼海のまなざしを「近代を相対化するもの」ととらえる。

田口　先日、石牟礼道子さん（作家、1927〜2018）のインタビュー中心のドキュメンタリー映画をみて、監督のエゴに辟易しました。石牟礼さんは淡々と感情を抑えて「近代とは何か」と語ります。それを近代のハリウッド的手法のおどろおどろしいナレーションを入れて編集して観客を感動させようとする。石牟礼さんが「未来はあるかどうかわからないけれども……」と語るところでドーン、ドーン、ドーンと彼女をクローズアップ。近代的エゴ丸出しです。近代批判をする人が陥りやすいパターンにはまっています。写真家ではユージン・スミスは、意図的に見せようとしましたが、絵を描くように構図をつくっている。しっかりと絵を描いているから成功している。だけどビデオカメラで強引にイデオロギー的な感情でやられるとがっかり。

鬼海　ユージン・スミスやアンリ・カルティエ＝ブレッソン、ロバート・キャパが活躍した時代は、まだ欧州のヒューマニズムが元気でした。それがいまは崩れている。写真で切り取る一瞬よりも、現実のほうがもっと複雑で具体的に動いています。

田口　石牟礼さんはヒューマニズムを超えた「人間非ざるもの」に語らせているから物語として成立しています。深沢七郎（作家、１９１４〜87）の小説もそう。つまり近代批判ではなく、近代を丸ごと相対化しています。鬼海さんの写真にも近代の相対化を感じます。

鬼海　近代の大波にのみこまれつつも、写真が写真を考えてくれるから、流されずに立っていられるのかなぁ。

田口　どういうこと？　写真が写真を考えるって。

鬼海　フィルムをプリントする手仕事が重要です。手が考えるんだね。同じ濃度で薄めていく。薬品が手もとに吹っ飛んでくる。濡れているときは乳剤が軟らかくて傷つきやすいのよ。それでも見たくて、見たくて、写ってるかなぁ、露光ちゃんと与えたかなぁ、とそーっとめくる。早すぎて失敗することもあった。そしてスポッティング（紙焼きのゴミ取り作業）をしながら、1時間、2時間眺めつづけて堪えられるものがいい。写真作品で残るとしたらアナログでしょう。デジタルは撮ったものと結果が近すぎて何枚撮っても同じ、選べないんだよ。

田口　私、デビュー時からずっとパソコンで原稿を書いてきました。プリントアウトすらせず、データで編集者に送ります。でも、数年前から確定死刑囚の方と文通するようになって、手書きのよさを再認識しました。手紙はパソコンでは上滑りになる。饒舌すぎるんです。直筆だと語りが朴訥になっていいんです。小説家では瀬戸内寂聴さんが直筆で書いておられますが、やはり文章がきれいです。いまからすべてを手書きには変えられませんが、小説の重要なシーンは直筆で書いてからパソコンで原稿にしています。誰にも見せない、自分だけの掌編小説も手書きにしているんです。

鬼海　デジタルって近代の象徴ですね。緩やかにダンスしたければ手間とひまのかかるフィルムだな。たぶん手間とひまをかけるから「誰でも撮れる」写真が、その人独自の表現になれる可能性があるのだろう。

浅草ビューホテルのカフェで始まった対談は、かれこれ2時間に及び、空腹感が募ってきた。夜の帳がおりた浅草六区に出る。再開発工事現場の脇のモツ煮込み屋に入った。
ひと昔前とは客層がすっかり変わり、マグロ船の乗組員のような猛者は少なくなったけれど、酒をあおり、辛みのきいたツマミを頬張ると「原日本人」の遺伝子がそぞろに呼び覚まされる。対談は、その後も川が流れるように続いた。

ÖZLE

早朝、パンを売りに行く少年　Erzurum　2000

夕方の五叉路　Midyat　2005

青木　茂

変なものだらけの今も時代が動いている

青木 茂（あおき・しげる） 1948年、大分県生まれ。建築家。株式会社青木茂建築工房主宰。71年、近畿大学産業理工学部卒。2007年東京事務所開設。既存躯体の約80%を再利用しながら、建て替えの60〜70%のコストで、大胆な意匠の転換や用途変更などを行い建物の長寿命化を図る、新たな再生手法の「リファイニング建築（再生建築）」を提唱する。著書に『建築再生へ』（10年）、『リファイニング建築が社会を変える』（18年）、『未来へつなぐリファイニング建築』（19年）などがある。首都大学東京教授を経て、17年より椙山女学園大学客員教授。

青木茂は、「再生建築」の第一人者だ。古い建物を壊さず、いったん素っ裸の軀体状態に戻し、「軽く」してから補強するので耐震性がぐっと高まる。さらに、デザインや用途を変えて新築同然に仕上げる。この「リファイニング建築」と呼ぶ手法で図書館や商業ビル、行政庁舎から集合住宅までさまざまな建物をよみがえらせてきた。欧米では建物を長く使う再生が主で新築は従。青木の仕事は利権がらみの新築信仰が根強い日本で「建築とは何か」と真正面から問う。建築と写真の深い話が展開された。

鬼海　再生建築の発想はいつからですか？

青木　30代のころ、イタリアのヴェローナで、建築家のカルロ・スカルパが改修した古城のカステルヴェッキオを見ましてね、雷に打たれたような衝撃を受けました。14世紀の建造物を美術館にしているのですが、手の入れ方が絶妙で、伝統を重んじつつ現代人の価値観にも合わせていた。古いものは壊せばいいという考え方には疑問があったし、こういうものを日本でやりたいと思ったんです。

鬼海　建物の再生は、新築より難しいのでしょう？

青木　そうですね。まず、その建物が建った時代背景や施工方法、建築会社や工事業者がどのように関わったか入念に調査しなくてはなりません。手間を惜しんではいけない。来歴を知れば劣化の診断がつく。建物は内装や外装を剝がして裸にすると、とても正直です。ああ、ここで手を抜いたな、これを建てた人は熱心だなとか、全部わかる。そこから細かなクラック（ひび割れ）の一つひとつまでチェックして、耐震性を上げてデザインを全てやり直す。建築家には構造と意匠と環境の多様な知識が必要です。

鬼海　建物の医者みたいだなぁ。

青木　ベースには大分市で建築事務所を始めた当時に大工や左官の職人から教わったことがあります。あまり仕事もなかったので、しょっちゅう現場で墨付けを手伝ったりしているうちに建物の知識が増えた。大学で学ぶより、はるかに有効でした。僕らが現場に詳しくなれば、職人もちゃんと応えてくれる。建築家志望の大学生は、1、2年現場に放り込んでから卒業させたほうがいいですよ。

鬼海　なるほど、やっぱりカンナの刃を研ぎ、板目を見なければね。写真はデジタルになって、肝心な手仕事の部分が消えた。

青木　僕もニコンのF3を持っていて、建築の写真をたくさん撮りました。でもデジタルだと気持ちが入らなくて、写せない気がする。

鬼海　手応えを感じられないでしょ。手仕事は失敗を自覚できるからいいのです。失敗しないと技術は身につかない。バンバン撮りまくるのは使い捨てと一緒。再生の逆で思考が育たない。

青木　デジタルで建築を撮って、なぜか欲しいディテールがちゃんと写ってないことがあるんですよ。

鬼海　再生志向の青木さんとは相性が悪いのでしょう（笑）。基本的にデジタルはキレイに撮れるし、失敗は少ない。「神の眼」を持つといわれる写真家、セバスチャン・サルガドみたいな世界観を確立した人がデジタルを使えば、完全に道具になる。サルガドには、こうあるべきだという世界像があります。撮るだけでなく、森に植林するなど、生き方がストレートに足元から未来へ続いている。写真家でも小説家でも、クリエーターはそうありたいですね。ただ、彼の映像完璧主義には少し違和感をおぼえます。啓蒙の気配と演出を感じるからでしょうか。

青木　僕はよく「時間をデザインする」って言うんです。建物をどのくらい使い続けるか、その歳月を考えて設計をし、機能を考えることです。その前提として築後30年、40年経った建物がどういう状態か把握しなくてはいけない。そこで家の履歴書をしっかり作成します。すごく労力を使うのですが、これこそ再生建築の醍醐味でもあるのです。

鬼海　状態がわかれば対策も立つ。

青木　新築だったら安全かというと、そうではありません。ひどい手抜き工事をされていたら、ひとたまりもない。新築は建物として歩きだしたばかりです。だけど、古い建物にはある種の安心感がある。何十年も使っている間に地震にも遭っている。それで不同沈下(基礎や構造物が傾いて沈むこと)さえなければ、むしろ強さを証明している。劣化した部分を補強すれば、さらに長持ちします。そういう論理を建築家が組み立てられないのが情けない。

鬼海　今みたいに簡単に壊して、新しいけど薄っぺらな建物ばかり建てていたら、本当の強さもわからなくなるわけだね。最近、日本の街は非常に冷たくなったと感じます。便利になればいい、と壊して建ててを繰り返した結果でしょう。

青木　日曜日に女房とたまに六本木などの新しい商業施設に行くと、滞在時間はせいぜい2時間です。

鬼海　そりゃそうだ。疲れるしね。

建築家にも、写真家にも「故郷」が持つ意味は重い。それは視覚表現の土台、原風景につながっている。青木は、大分県の南東端、瀬戸内海に面した蒲江町(現・佐伯市蒲江)に生まれた。そこから大分、福岡、東京と建築事務所を拡大してきて、山形県寒河江市出身の鬼海と対話をしている。海と山との出会いである。

鬼海　ここ（渋谷区広尾）にアトリエを構えたのはなぜですか。

青木　路地も残っていてスケール感がちょうどいい。東京では神田岩本町、有栖川宮記念公園横の長屋と移って、東日本大震災の前年に広尾に来ました。

鬼海　私も、28歳から3年間、ここから近い麻布の現像所でモノクロプリントを覚えたんです。技を身につけたくて。当時、広尾にじいさんと息子がやっている焼き鳥屋があった。ホッピーを置いている普通の焼き鳥屋。広尾って高台と低地の街でしょ。本郷にしてもそうだけど、階層がある街はかなり人間くさいんですよ。

青木　僕は宮崎県境の蒲江町から大分に出て事務所を開いたでしょ。大分では田舎出身ってことで露骨に差別されました。すごく腹が立って福岡に出たんです。福岡は商人の街なので仕事はしやすかった。東京はとにかく過当競争ですが差別的なことは少ないな。田舎ほど強いですね。

鬼海　よくわかります。私も山形で育ったから。しかし差別はなくならないですね。もちろん相手の全人格を否定するヘイトスピーチみたいなことは許されない。ただ、他人から差別的な視線を向けられて自身のアイデンティティーを考えることもありますよね。差別だってプラスに転換できる。だから一概に差別は悪だ、無菌状態にしようじゃつまらない。

いいことも悪いことも含めて故郷は故郷だし、人を個人に戻してくれる地の記憶でもあるわけですね。

青木　先日、スペインのマドリードから北のビルバオ、サン・セバスチャンと回りました。陽光のせいかとても懐かしさを感じます。ポンペウ・ファブラ大学内の古い給水塔を図書館に再生した建物を視察しましたが、公園の噴水のための貯水槽で上が倉庫という構造物が、魅力的なものでした。本当は、日本にもそういう建物はたくさんあるはずなんです。

鬼海　そうですよ。でもコンクリートとプラスチックで埋めちゃう。土地が呼吸していないよ。もっと自分たちの根っこを大切にしなくちゃ。

青木　ところが、何が大切な宝か全然わかっていないんです、いまの人は。東北のある城下町で、市がショッピングセンターの建物を買って、それを公民館的な機能をつけたものに再生する仕事を今しているんです。地元の設計事務所と青木茂建築工房のコラボで、デザインや機能の振り付けはこっちでやっています。城下町らしい風情のデザイン案を出したら、何と言われたと思います？

鬼海　さぁ、想像つきません。

青木　田舎くさいんで、やめてほしいって。で、青木さん、六本木みたいなのが欲しいって（笑）。

鬼海　ええーっ、真面目に言うの？

青木　あきれたんだけど、中央への劣等感を抱え込んでいて、それが手枷、足枷になっている。県から市に来ている部長クラスがそう言う。

鬼海　つらい話だなぁ。

青木　その街には地場の酒蔵が7軒あるんです。これは宝です。それぞれに半地下のスペースをつくって、7軒の試飲ができるようにしよう。ベッド&ブレックファスト（BB）の格安宿も整備する。出張族は一泊8千円の旅費が出ます。BBは一泊4千円にして朝食付き。で、残りの4千円で酒蔵の七つの味を楽しみながら、地元の名物をつまむ。杜氏に酒の造り方を教えてもらってもいい。ところが、この案に市の職員は乗ってこない。世界中どこでも地元のワインや食材は宝ですよ。それを理解せず、六本木がいいって。

鬼海　地方で暮らしている人が一次産業へのイメージを持っていない国って日本ぐらいだよね。そこでとれたコメで造る酒が風景としての山や川、田んぼとどうつながっているか、行政の職員だったら真っ先に考えて大切にしてほしいじゃないですか。

青木　この酒はこんな仕込みをして、こう発酵しているから、辛口だ、甘露だとやっていれば楽しめます。

鬼海　それなら1時間、2時間の滞在じゃなくなるね。

青木　そう、泊まろう、となる。外国人も興味を持って訪れます。

鬼海　惜しいなぁ。

青木　それでね、こっちはまだ諦めてはいない。しぶといからね。いずれ、タイミングをみて酒蔵案を復活させてやろうと策を練ってる（笑）。

歴史的に建築は、権力者をパトロンにして発展したために批判精神が育ちにくかった。しかし新築至上主義の日本で青木の再生建築は、それ自身がクリティカルな意味を持っている。鬼海の街や人の写真は、失われた共同性の再現でもあり、社会批評の光を放っている。健全な批判精神は対話を活性化する。

鬼海　再生建築はスクラップ＆ビルド文化へのアンチのような気がするんだけど、批判性っていうのは……。

青木　ありますね。相当あります。僕は67歳になりまして、人間って限界を知ることも大事だな、と思った。いずれ肉体は消えるわけですけど、日本の新築優先の建築文化のなかで、このままでは再生建築が浮くと感じています。たとえば、いろんな建築賞を僕はいただきましたが、環境、耐震、長寿命といった名目で受賞できても、デザインの賞はほとんど取れていない。暗黙の圧力を感じます。それで、この状況を含めて建築のありようを批判する軸を立てるために、リファイニング技術を僕は全部、公開しているんです。

鬼海　ノウハウをすべて？

青木　はい。さっきも言ったように再生建築をものにするには、綿密な調査から始まって劣化した部分の補修方法、建物全体の耐震強化や設備の選択とレイアウト、デザインと機能の選定、さらには建築基準法上の対応など独特の技術が求められます。家の履歴書には、それらが反映されるのですが、その技術をオープンにしています。どうぞ使ってください、です。公開しておけば、誰かが継承してくれる。もちろん、青木茂建築工房のスタッフには惜しみなく、技術を伝えますが、使える建物を壊して目先の景気がよくなったと喜ぶような建築文化を変えるには、すべて出さなくてはいけません。

鬼海　相当な決断と覚悟ですね。思えば、いまの日本、とくに政治の場などでは、50年、100年のスパンで取り組むことは皆無に等しい。せいぜい1期4年だ、6年だ、でしょう。憲法の解釈を、たまたま、そのとき多数を取った政権が変える始末です。手ざわりのある長いスパンの未来がなかなか描けないですね。

青木　刹那的に感情で動いている。

鬼海　それで、話はちょっとそれるけど、天皇、皇后両陛下が、東日本大震災の被災地で海に向かって深々と頭を垂れている写真を見たことあるでしょ。あのように祈る人、透明で敬虔で無私の精神が形として表れる人はそうそういません。被災した土地に頭を下げるのではなく、海にまで頭を下げているんですからね。

青木　確かに非常に深い祈りですね。

鬼海　あの映像はアングルを選んでいますね。周囲を写さないで天皇陛下と皇后陛下がい距離で浜辺に静かにたたずむ深い祈りの姿をおさめている。世界には多くの王室がありますが、両陛下のように権威にもたれず、精神性の高い祈りをする皇族はいませんね。政治家なんて足元にも及ばないのはなぜでしょう。

青木　いや、ほんとに日本の政治家はお粗末すぎますね。新国立競技場のデザインコンペと、そのやり直し、建設に至るプロセスなどは政治が貧困で、官僚の差配に任せて国民の気持ちを無視した結果でしょう。

鬼海　高度成長の象徴で、１９６４年の東京五輪で建てられた、あの国立競技場は、それこそ再生建築で残したほうがよかったのでは？

青木　じつは、国立競技場を残して再生する案を僕に出せっていろんな人が言ってきたんです。保存運動をしている人たちとかね。でも、その時点では再生のコンペがあるわけでも、国から要請されたわけでもないので、おことわりしました。何もないところに「これで、どうだ」と提案するほど厚顔ではない。でも、あれだけの歴史と思い出が詰まった場所を何のためらいもなく壊すのは、犯罪ですよ。あんなにされるのなら、再生案を出してもよかったかな、と。

鬼海　競技場の再生は難しいの？

青木　いえいえ、世界中にいっぱい事例があります。五輪の競技場でいえば、ロサンゼルス（84年）、バルセロナ（92年）、前回のロンドン（2012年）でも古い競技場を再生して使っています。とくにロンドンは、レガシー（遺産）をキーワードに五輪後もその施設を都市の資産として使い続けるコンセプトで、全体をデザインしています。IOCも地球環境やコストの膨張を抑える視点で賛成した。にもかかわらず、次の東京五輪では完全にスクラップ&ビルドへ逆戻り。これは節操がない。

鬼海　建築、土木業界のための新国立競技場ですかねぇ。

青木　結局は「時間のデザイン」が決定的に欠けています。競技場のような大規模建築は建てる時点で100年使い続ける維持管理プログラムを組み込まなきゃ。

鬼海　ハコモノで造ってしまう。

青木　劇場なんかもそう。最近は音響も幕の開け閉め、照明もすべてコンピューター制御ですが、間違いなく、壊れます。だいたい劇場自体大きすぎて、無駄が多い。維持費もかかる。小さくして別の部屋を作るとか、各自治体の首長さんは早く動いたほうがいいですよ。

建物は、人間の生命と財産を守る大切な器だ。建物が集まればコミュニティーが生まれ、人と人の関係性が育まれる。その最もベーシックな安らぎを青木も鬼海も、意外な場所で感じ取っている。イスラム文化圏で、である。

鬼海 建物と住んでいる場所がもっとつながっていいと思うんだけど、私有財産だから勝手にやらせろ、調和もへったくれもない、とバンバン建ててますね。

青木 一応、建築基準法と都市計画法にそってやっているんですが、ときどき政府が景気刺激と称して容積率を緩和してバカ高い建物を造れるようにして街が壊されます。

鬼海 それは建築が大量生産、大量消費のアメリカの価値観に影響されているからですか。

青木 いや、建築って発信源は欧州なんですよ。欧州は建物を大切にします。歴史的にアメリカ独自の様式はなかった。アメリカがアメリカの様式を持ったのは80年代のポストモダンです。あれはアメリカでもてはやされましたが、瞬く間に終わった。僕は西海岸のフランク・ゲーリーと、ニューヨークのスティーブン・ホールは知っていますが、ほかはどうも……。アメリカはシステムの国ですね。

鬼海　１９３０年代の大恐慌時代のアメリカ写真には、実にいいのが多いですね。たぶん苦境や悲しみに対して、ひとごとではないという内在的、人道主義的な視線と社会的な関心の広がりがあるからでしょう。そのことが「人間とは何だろう」という答えのない真摯な問いを生むのですね。そんなコミュニケーションのカタチを、今の写真にどうつなげていくのか。やはり、もっと人間誰でもが楽に呼吸して生きるべきだという思いが伝わらなければ、表現に値しないかもしれないと思う。でも、現代のような一方的な情報社会では、情報に頼らない写真は成立しにくいことも確かです。しかしそのことが、誰でもが写真で表現することができる根拠なのですが。

青木　大恐慌を挟んでアールデコの超高層が登場します。象徴がマンハッタンのクライスラービルです。大不況から立ち上がるパワーってすごいのですが、ニューヨークやロシア、そして上海も、動かしたのは外国資本です。ロシアは革命が起きてソ連に変わっていますが、時代が動くときってとても変な建築が出てきます。変なものだらけの今も時代が動いているのでしょう。

鬼海　その動きが人びとの生活と目と心を安定させるかというとそうではない。

青木　7~8年前、女房とイスタンブールに行きまして、ペラパレスという老舗ホテルがリノベーションでしばらく閉鎖されるというので3日間泊まったんです。小説家のアガサ・クリスティなんかも泊まったホテルです。その後3日間、別のリゾートホテルに泊まりました。すると古いペラパレスしか記憶に残りませんでした。浴槽も古いし、お湯も出にくい。でも木製のエレベーターがあって、重箱に入ったイチジクがうまかった。やっぱり物語性が必要です。

鬼海　私はイスタンブールで、元刑務所をホテルに変えたフォーシーズンズに泊まったことがあります。居心地はよかったな。今は急激に社会が変わってしまったけど、2010年ごろまでイスラム圏に行くとほっとしました。

青木　建築的に言うとキリスト教よりイスラム教のほうが想像力を刺激します。スペイン南部にはイスラム様式で建てられた宮殿が、レコンキスタ（キリスト教勢力によるイベリア半島再征服活動）で一部キリスト教の礼拝堂になったところがありますが、すごく醜い。世界遺産のアルハンブラ宮殿のなかにもキリスト教の教会がありますが、あれも醜い。建築としての射程がイスラムのほうが圧倒的に長いんですよ。

鬼海　イスラム圏のどんな小さな山村でも、夜明け前のモスクから「アザーン」という礼拝への肉声の呼びかけから1日が始まる。寝床で聞くたびに、私のような異邦人にも人間が生きてきた時間をしみじみと感じさせられ、心穏やかになれた。

青木　ドームの天蓋に響きますね。

鬼海　のどのいい長老が、まず夜明け前に唸るわけだよ。それは、こうやったら自分が天国に行けるなんてことじゃなく、朗々と生きているってことを表している。無心な祈りが土地に降り注ぐようで毎日、心を洗われるような気がしました。

青木　うんうん、祈りですね。

鬼海　あの透明感のある無私の祈りが1日に5回、雨のように大地に降り続けているようでした。イスラム社会では富を持つ者が持たざる者に喜捨する教えが基本のようですので、現代の先進諸国の格差が拡大する文化と対極だったと思うのですが、昨今ご存じのＩＳ（イスラム国）の不穏な活動でイスラム同士が殺戮を繰り返しています……。人間は、なんで少し違った文化や価値観の人たちを自分の「正義」の物差しで測り殺戮するのですかね。人間は憎しみという不幸を生む熱情からさめないのが、実に不思議なことですね。

白百合と白い木綿の靴下　1996

切断された蔦　1983

鳩がひと休みに来る店舗住宅　1980

新装開店　1980

堀江敏幸

目礼できない本ってだめです

堀江敏幸（ほりえ・としゆき）　1964年、岐阜県生まれ。小説家・フランス文学者。早稲田大学第一文学部卒。95年『郊外へ』で作家としてデビュー。『おぱらばん』で第12回三島由紀夫賞、『熊の敷石』で第124回芥川賞、『スタンス・ドット』で第29回川端康成文学賞、『雪沼とその周辺』で第40回谷崎潤一郎賞、『河岸忘日抄』で第57回読売文学賞、『その姿の消し方』で第69回野間文芸賞を受賞。このほか『正弦曲線』（09年）、『オールドレンズの神のもとで』『傍らにいた人』（18年）をはじめ、著訳書多数。2007年から早稲田大学文学学術院教授。

芥川賞はじめ多くの文学賞を受賞してきた堀江敏幸は、鬼海弘雄の写真集『アナトリア』の巻末に文章を寄せている。こんなくだりがある。

「退屈さとはつねに前向きなものである。生活に追われていても時間には追われていない人々の表情を、退屈をなくしたとき人は堕落するという物事の道理を、鬼海弘雄は心得ている。彼が捉える一瞬には、だから退屈のつづきがあるのだ。画面がとろけてあたらしい時間と空間が再編され、被写体の次のしぐさが見えてきても、そこからよい意味での退屈さは消されることがない」

アナトリアはトルコのアジア側。山岳地帯にはクルド人が集まって暮らす。シリアやイラク、イランと国境を接しているが、かつてクルドの民は一帯を自由に行き来していた。いま、隣国の内戦やテロリズムの影響で、彼らの日常は崩れ、安らぎが消えた。

鬼海が、なつかしい空間と時間を抱きしめるように堀江に語りかける。

鬼海　アナトリアを旅していて、村の入り口に二股の道がありましてね、そこで若い牛が1頭、迷っていたんですよ。どっちに行くか。

堀江　牛が、ですか。

鬼海　親牛たちは先に行っているわけです。で、分かれ道に来て、さて、どっちに行こうかなぁ、と。それはもう人工授精で生まれて牛舎につながれた家畜じゃないでしょ。人と変わりません。写真には撮らなくても、そういうのはすごく記憶に残っています。

堀江　残りますよね。

鬼海　時間と空間に記憶がくっつくんです。観光地のきれいな宮殿よりも私にとっては迷える牛のほうが重要なんです。

堀江　写真集の『アナトリア』もそうですけど、鬼海さんの目がずーっと動いていることが重要であって、その場所を撮る必然性はあるのでしょうが、ほんとうは別にそこじゃなくてもいいようにも感じられます。故郷の山形を見る目と、さっき上野公園で僕を撮ってくれたときの目は同じですものね。

鬼海　まあね。外国といえば堀江さんはフランス。パリに長く留学していますね。

堀江　1989年の秋から93年の春ぐらいまで行ってました。昭和と平成の変わり目で、ベルリンの壁が崩れて冷戦が終わり、ルーマニアの独裁者、チャウシェスク元大統領が公開処刑される。そんな時代でした。

鬼海　留学経験は作家活動のベースになっていますね。

堀江　それまで本のなかでしか知らなかったパリの景色を実際に検証できました。フランスの小説を読んでいて、たとえば光の加減が気になって仕方なかったんです。夏は日が長いので、どんな感じなのかとか。それと土地の高低差ですね。

鬼海　地形ですか。

堀江　はい。そこがいちばん気になりましたね。ある場所からある場所に移動するとき、主人公がどんなふうに歩いているのか。フランスの詩を翻訳するときにも気になった。下るのか、上るのか、平面的な地図じゃわかりません。地図では距離が離れているのに短時間でどうして移動できるんだろうとかね。交通機関もわからない。行ってみて、バイクで移動したんだろうと気づいたりしました。

鬼海　空間の感覚は歩かなければわかりませんね。

堀江　急な坂道の途中に家が立っていると、下から見たら1階でも、上からは地下2階ぐらいに見える。そんな建物のおもしろさも現地で知りました。ただ、そういう検証作業は、他の人に話しても全然だめです（笑）。あそこ坂道だったよ、と言っても「何、それ」って。小説の雰囲気と現実が合致したら、僕はうれしいんです。人って立ち位置がとても大事だと思うんです。そこをないがしろにしていると、何か大切なものを見逃すような気がします。

鬼海　なるほどねぇ。体内のジャイロスコープ（羅針盤）が、そう動くのですよね。それは、堀江さんが岐阜県の多治見市で育ったことを含めて形づくられてきたものでしょう。

堀江　多治見は低い里山で囲まれた盆地です。高い山がなくて、平らでもなく、近景でも遠景でもない、中景がぴったり合うところです。そうですねぇ、子どものころから立ち位置は気になりましたね。

鬼海　道で迷う牛が私の記憶に刻まれたことと相通じるものがあります。農村の作場道って、日本でも昔はきれいなカーブでした。効率的な直線ではなかった。そういう環境で育った牛が、二股の人工的な分かれ道にきて迷うのはすごく実感できる。いまの人は、そういう動物が本能的に持っているジャイロスコープが衰退していますね。

堀江　ただ、ずっと多治見で暮らしていたら、牛が道で迷っているのを見ても、見過ごしていたかもしれません。高校を卒業して東京に出てきてから、あっ、ここは迷っていいところなんだ、と気づきました。いまは、牛がどっちに行くか、ずっと眺めていられますね。

鬼海　私も、現地でずっと見てたの。そしたら、牛は親たちの後をトットッと走っていった。その蹄が砂利道を蹴って走る音が今でも耳に残っています。

堀江　ものを書いているときって、牛みたいに迷っているんですよ。親のいない迷い方ですから、どっちがいいかわからない。そういう状態が長く続いてほしいと思っています。

鬼海　それ、時間かかりますね。でも、ものをつくるというのはゆっくりなんですよ。自分が自分になるということはそういうことだと年をとると気づきます。

「見当識」という心理学用語がある。時間や場所、周囲の人・状況などを正しく認識する能力を指す。見当識が弱まると日常生活に支障をきたす。「ここはどこ、私は誰？」の状態を失見当識というそうだが、ときには人は周りに張りめぐらせた意識の壁を無意識に越えたくなるようだ。人間が遊んだり、ものをこしらえたりするのは見当識の鎖を少し緩めて「夢中」になりたいからではないだろうか。

鬼海　フランス文学を専攻したきっかけは何だったのですか。

堀江　学生時代にフランス語の本の専門店に入ったら、本の表紙にカバーもなければ、何の飾りもありませんでした。同じシリーズなら大作家でも新人でもタイトルの大きさやロゴの形も変わらない。ただのぺらぺらの紙が束ねてあるだけで、それがとても潔くて好きになりました。白とベージュとグレーの世界。本棚に並べたときの感じや、紙の質、そこに光が当たる感じとかが、いいなぁ、と思いましてね。

鬼海　確かにフランスの本は実用的で、ただ在るだけですね。

堀江　東京に来て、初めて八重洲ブックセンターに行ったときは仰天しました。本だけが何階も並んでいるような本屋なんて田舎にはなかった。最初は表紙がカラーで、ギラギラした本に夢中になったのですが、だんだん疲れて。フランス語の本が心地よくて、読んでみたらおもしろかったんです。物としての本と、言葉としてのおもしろさ、本を包んでいる光の具合。そういうのがいいなと思ってフランス文学に進みました。

鬼海　珍しい動機ですねぇー。

堀江　他の人は高校時代にプルーストを読んだとか、中学でランボーに触れてとか言いますが、僕は知りませんでした。高校時代は卓球に夢中でしたので。早稲田大学に入って古本屋さんに行くようになって、それからフランス文学に進んだって感じです。

鬼海　学生生活を送ったのは、80年代ぐらい？

堀江　はい。堤清二さんが率いる西武の文化が華やかなころで、「六本木ＷＡＶＥ」がビル１棟丸ごと音楽や映像を発信していた時期です。もっとも、僕は六本木に行ったことがなくて、早稲田や高田馬場、飯田橋の名画座で映画を見てました。かっこいい洋服を着ないといけないところには行けませんでした。

鬼海　どんな映画を見てましたか。

堀江　古い映画をくり返し見ましたね。「処女の泉」（イングマール・ベルイマン監督・60年）「地下水道」（アンジェイ・ワイダ監督・56年）「戦艦ポチョムキン」（セルゲイ・エイゼンシュテイン監督・25年）などは何回見たかわからない。

鬼海　「ミモザ館」（ジャック・フェデー監督・35年）とか「天井桟敷の人々」（マルセル・カ

ルネ監督・45年）といったフランス・リアリズムの作品もいいですよね。

堀江　80年代って、ＤＶＤはないし、ビデオも高かったのでなかなか見られませんでした。だから想像するしかないんです。見たい映画がどんどん増えていきました。

鬼海　想像力で遊ぶのは楽しいです。

堀江　そういうことが言えた時代です。最近は、こっちが記憶のままに映画について書くと、ＤＶＤを持っている人がチェックして、そこは違うと言ってくる。間違いも含めて映画体験だと思うんですけどね。

鬼海　ものを書いていてコミュニティーって意識しますか。

堀江　人を見るのは、好きですね。

鬼海　堀江さんの小説は他人との結びつきが巧みに描かれている。卓球をしている中国人が、ある場面でポロッと出てきますね。いまさら田舎の盆踊りみたいな共同性は成立しないんだけど、そういう人間の現れ方が人と人の関係を印象づけている。

堀江　はい。

鬼海　あっ、人がいるんだなって感じがとても大切で、それがないとおもしろくない。

堀江　人が集まって踊るのと、人と人がすれ違ったときに目と目であいさつするのは、根っこが同じで、とても大事なことだと思います。

鬼海　同感です。

堀江　目礼というか、言葉でもないし、何とも言い難いのですが、日々、そういうものの連続のような気がします。言葉もそう。本を読んでいても、何となく目礼しながら読んでいます。ある言葉に出合ったときに、あっ、どうもって感じで。そうじゃない本は静かに葬り去ればいい。目礼できない本ってだめです。

鬼海　人と人が視点をずらさず、目で穏やかにあいさつをして通り過ぎてゆくのは「仕合《しあわ》せ」に通じるでしょ。

堀江　鬼海さんの写真には、目礼というほどの礼儀的なものじゃないけれども、すれ違った人をないがしろにしない空気があります。

鬼海　きまった正義感とか、ないからね。

堀江　目礼には懐かしさと、何となく縛られる窮屈さもあるんです。

鬼海　村の共同体に通じるね。

堀江　僕は昭和39年の生まれですから、ぎりぎりで、そこがわかります。

私たちは、文章は読むもの、写真は見るものと思い込んでいる。ところが、堀江と鬼海の対話は文章の「景色」を見て、写真を読み取る方向へと流れていく。奇をてらっている

のではなく、そこには確かなよりどころがある。

鬼海　堀江さんは創作活動と並行して大学で教えていますね。

堀江　早稲田の文化構想学部3、4年生を対象にしたゼミを持っています。学生が書いたものを互いに読み合って、僕も感想を言っています。本をゆっくり読む授業もしています。いまは国木田独歩の小説『牛肉と馬鈴薯』を「同時代文学」という枠で読んでいます。

鬼海　同時代文学といえば、ふつうは現代文学。

堀江　と、みんな勘違いして来るんですけど、いまの日本語で読んで、いまの感覚で読んだものが同時代文学だと、定義しているんです。古典文学でも、いまの日本語力で解析できるレベルのものだったら、それは同時代文学。外国文学の翻訳もＯＫ。

鬼海　要するに皮膚呼吸というか、現代に生きている人間が肌で理解できればいい、ということですか。

堀江　まぁ、ときにはエラ呼吸してもらいます（笑）。受験でいい成績とって自信のある学生は、前後の文脈がわかれば意味がわかると言う。でも、辞書を引きながらじっくり読んでもいいんじゃないかと思うので、すごくゆっくり読むんです。

鬼海　時間をかけて読んだら、作家の生理が見えてきますよね。缶詰みたいな作品じゃなくて、読みながら、この人は何でこう書いたのか、じわじわ浮き上がってくるでしょ。

堀江　そうですね。独歩が執筆した明治30年代は、まだ表記が不安定でしたが、学生に朗読してもらうと、全然違和感なく、いまの感覚ですっと読めます。現代の日本語の文章に生かせる要素が多々あります。それともう一つ、同じ言葉を、あるところは漢字で、別のところでは平仮名に開いている。いまの校閲ならすべて統一しそうですが、バラバラなんですね。

鬼海　単に不ぞろいというのでもないのでしょう。

堀江　そうなんです。鬼海さんの写真にも、漢字を思わせるところと平仮名に開いている部分がある。じつは、文章にも景色があるんです。いいかげんに平仮名にしているのではなくて、原稿用紙の文字数の調節のために開くこともある。手書きですから上の文字の書き終わり方で下が書きやすい平仮名だったり、そうじゃなかったり。たとえば「り」という字は上に続けて書きやすいけど、「き」は書きにくいとか。実際に書くとわかります。ずっと漢字が続いて、手が疲れて平仮名にしたくなる。さっきの話じゃないけど、文章を書くときにも文字の高低差、光の加減、見晴らしの問題がある。そういうのも含めて書き言葉だと思うんです。

鬼海　私は、漢字と平仮名の使い方を、須賀敦子さん（随筆家・イタリア文学者。1929

〜98年）の本で学びました。

堀江　そうそう。須賀さんは意識して平仮名を使っています。文章って怖いことに、レイアウトが変わると景色が変わってしまう。フォントが変わると見え方も変わる。同じ内容でも、単行本と小さな文庫本では景色が全然違うんですね。だから、ゆっくり読まないと味わいがにじみ出てこない。独歩の『牛肉と馬鈴薯』は、授業が始まって3回で、文庫本の3、4ページしか進んでいません。小説に出てくる建物の周りが石畳なのか、ぬかるみなのか、土なのか。登場人物は靴を履いているのか、いないのか、足音はコツコツか、ぴちゃぴちゃか、そういうことを考えながら読んでいるんです。

鬼海　明治時代の後半だと、東京でも路面は土ですよね。関東大震災で街が焼けて、帝都復興で中心部の道路を造りなおすまで、ほとんど土ですね。

堀江　ええ、土ですよね。

鬼海　雨が降ったら道は泥沼状態になって、牛馬が足をとられて転んで、窒息死した話を何かで読んだな。

堀江　それなのに男性はステッキに帽子にフロックコート着て歩くんです。だから、ズボンやコートのすそが真っ白になるはず。

鬼海　そういうことを考えながら、読んでいたら、ハマる学生もいるでしょ。

堀江　ハマるというか、まぁ、ガマンしていますね。
鬼海　いや、体が感応するので、おもしろがる人もいるんじゃないかな。
堀江　僕は学生たちに謝ります。「ごめんね。いま、考えてるんだけど、答えはわかんないから、ちょっと待って」と。答えは、10人に聞いても意見がばらばらなんですね。そこがおもしろいんですけども、じゃあ、石畳があるかないかはいずれ確認しよう、と次に進むわけです。
鬼海　そのぐらい時間をかけたら深まりますよ。写真だってただ見ればいいというのではありません。その向こう側を想像しながら、読み取ってほしい。熱量の高い写真家は、読み取れるものをきちんと残していますよ。

小説家と写真家の対話は、すぐれた匠どうしの交感の色を帯びてきた。ドイツ出身の建築家、ミース・ファン・デル・ローエは「神は細部に宿る」と言った。ふたりの話は細部から全体へとひろがっていく。

鬼海　現代人は文化を鑑賞するときに、わかるかどうかの一点で正しさに結びつけがちです。解釈できるか否かと言い換えてもいい。しかし、本来的な鑑賞というのは、自分のおなかのなかにいったん、作品を、表現を、取り込んで、想像をたくましくして、妄想でもいいんだけど、それでもって世界観を立ち上げる。そこまでいかなくては本物じゃないんじゃないかと思います。

堀江　自分のなかで消化しなくては。

鬼海　しかし、現代人は正しさを定規で測れるとでも思っている。その正しさに足元をすくわれる。社会全体がそう。たとえば企業は、よくコンプライアンスって言うでしょ。法令や規則を順守しなくてはいけない、社会的責任をはたすべきだ、と。だけど、正しさのために自分らで重箱の隅をつついてルールを決めたのはいいけれど、身動きとれなくなって、結局、ルールを破ってしまう。自動車メーカーの燃費データの不正なんて、最たるもの。コンプライアンスと言いながら、手前勝手にルールをねじ曲げて信用をなくす。正しさを強調した揚げ句にウソをつく、変な社会ですよ。

堀江　大人が悪いんですね。

鬼海　そう、大人が悪い。まぁ、自動車の規制と芸術を一緒に語るわけにはいかないけれど、文学にしても美術にしても、せめて誤読や誤解ができる自由ぐらいはあっていい。

堀江　それが害を及ぼすようではいけないんですけど、僕らの青年期には体験を途中で作品としてアウトプットすることはなかったですね。自分のなかで、ある勘違いを抱えたまま生きていて、それに気づく。気づいてから、それ以降の体験と合わせて言葉になるかならないか、考えていました。だけど、いまは簡単に発信できますから、体験を寝かせずにすぐ外に出すことができる。それで終わってしまう人もいます。

鬼海　表現の回路が細いでしょ。いきなり高速道路を100キロで飛ばして目的地に着こうとする。でも、写真という表現手段は、もっと濁ったなかをのたのたと走るものでね。いいかげんな表現なんですよ。私は、六本木で毎晩飲めるカメラマンになりたいとは思わなかったから、いいかげんで自分を遊ばせてきた。だから、続いています。最初は、何を撮っていいかわからず、マグロ船に乗ったりして、七転八倒しましたけどね。

堀江　僕は自動車免許を持っていませんけど、結局、一般道を走るしかないと思っています。

鬼海　高速道路より、むしろ一般道にユニバース、宇宙感覚があります。というか一般道を走ろうとするわれわれの頭のなかにユニバースに近づきたい熱烈な願望があって、それを表現に組み立てていく。そうするから他人がまねできないものになる。とりあえず、ユニバースに生まれたからは、みんな生きてていいんだよ、と。死んだ人も、生まれてくる人とも時間が共有できる。そこが表現の源泉かな。

堀江　確かにね。

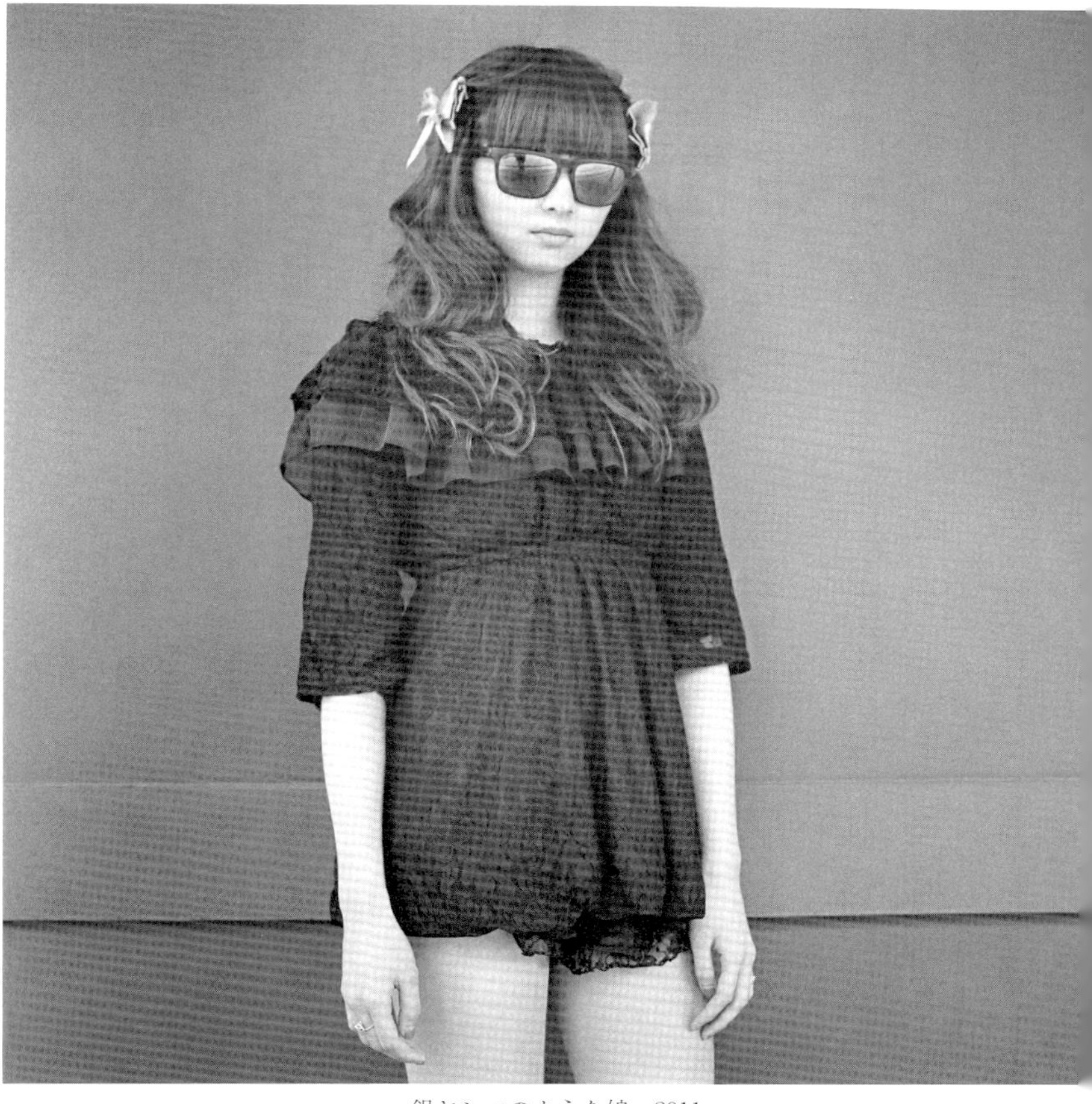

銀ヤンマのような娘　2011

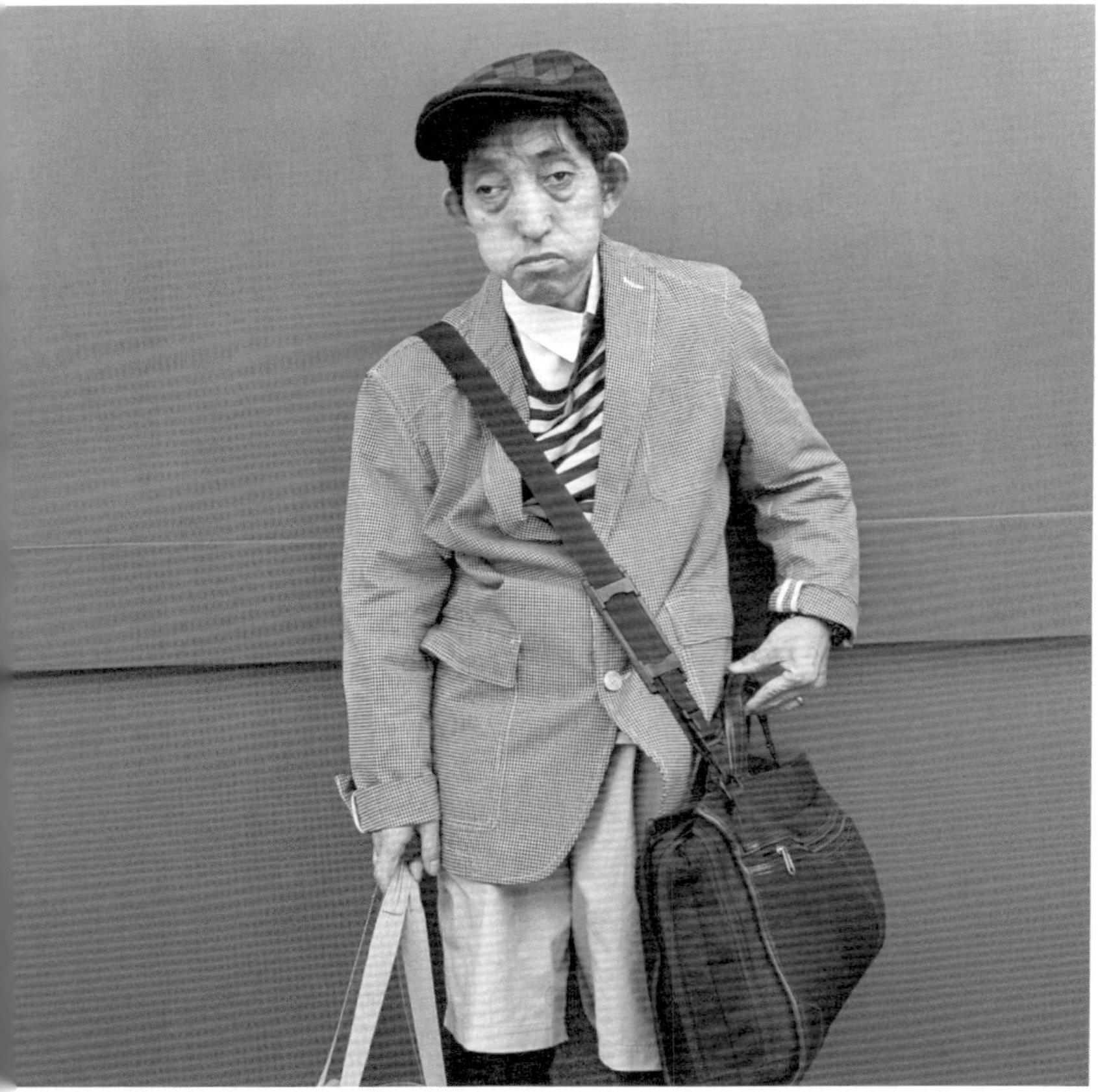

ただ頷くだけで、一言も話さなかった人　2015

猫（16歳）に英単語で話しかける税理士　2013

池澤夏樹

必要なのは「ご飯を食べた?」のような言葉

池澤夏樹（いけざわ・なつき）　1945年、北海道生まれ。作家・詩人。84年に長編小説『夏の朝の成層圏』を発表、87年発表の『スティル・ライフ』で第98回芥川賞を受賞。93年以降は沖縄に居を移し、2005年にフォンテンブロー（仏）に移住。09年には札幌市に移る。『マシアス・ギリの失脚』で第29回谷崎潤一郎賞、『花を運ぶ妹』で第54回毎日出版文化賞、『池澤夏樹＝個人編集 世界文学全集』で第64回毎日出版文化賞、2010年度朝日賞を受賞。このほか著書、受賞多数。近著に『科学する心』（19年）がある。

作家の池澤夏樹は詩的な文体で自然と人間の交感を描き、多くの文学賞を受賞している。時事問題にも独自の視点から斬り込み、朝日新聞に連載中のコラム「終わりと始まり」は幅広い読者の支持を集める。

旅を重ねてきた池澤は、鬼海の作品集『アナトリア』に見入る。トルコ東部のアナトリアに接するシリアやイラクは、いまや空爆とテロで殺戮の地と化した。写真集を包む穏やかな空気は幻影だったのだろうか。

池澤　アナトリアのアラジャフユックという遺跡に行ったことがあります。そのとき、知らない人の結婚式に呼ばれました。人が多いほうが賑やかでおめでたい、みたいな感じで。

鬼海　そうそう。「腹減ってないか？　メシ食ってくか？」って私もよく声をかけられたものです。

池澤　イラクもそうでしたね。歓迎してくれて、好奇心も旺盛でね。トルコとイラクなんてすぐ近くでしょ。同じ類の人たちだと思います。

鬼海　私がアナトリアに足を運んだきっかけは1991年の湾岸戦争でした。インドのベナレスの安宿で、アメリカ空軍がイラクの軍事拠点を次々と攻撃するテレビ中継を見ました。テレビゲームみたいな映像を、白人のバックパッカーが興奮しながら見ていた。だんだん、これは先住民をやっつける騎兵隊じゃないか、と感じてね。イラクの人が悪者にされるいわれはないと思い、ムスリムを撮ろうと決めたんです。

池澤　僕がイラクに行ったのは、遺跡を見るためです。ずっとビザが出なくてね。2002年10月にやっと出ました。ジョージ・W・ブッシュ米大統領が「イラクは大量破壊兵器を保有するテロ支援国家だ」と決めつけて「イラク戦争」を起こす5カ月前です。でも、庶民の暮らしは平穏でしたよ。遊園地では子どもたちがキャッキャッと歓んでいたし、古本市では日本語のイラク入門の本が売られてた。買いましたよ。「これは俺しか買わねぇんだから安くしろ」と値切ったら、「日本人のおまえのために用意しといたんだ」と切り返されてね（笑）。

鬼海　そういう体温をおびたやりとりが面白い。

池澤　イラクでインテリの友人ができて「本当のところ、サダム・フセインってどう？」って聞いたんです。「戦争ばかりして、われわれは非常に不幸になった。いい指導者だとは思わない。だけど外（米欧諸国）からこれだけ圧力がかかっている現在、大統領を取り換えるわけにはいかないんだ」と。イラクは国として機能していたし、水道から水は出て、食べ物も豊かで、人びとは人懐っこかった。

鬼海　彼らは未知の人と話すのがどれだけぜいたくで楽しいか、知ってますよね。日本だってそうだった。浅草寺なんて、以前はもっと開放的で誰もが滞留できたんです。仕事にあぶれた人や、田舎から暇つぶしに出てきた老人が仲間どうしで喋っていました。だけど、いまじゃ、いっさい境内に椅子を置かず、浮浪者も排除する。「腹減ってないか?」という他人への基本的な関心や思いやりを、お寺が捨ててしまっていますよ。そのぶん、きれいにはなりましたが……。

池澤　ギリシャ人の映画監督、テオ・アンゲロプロスの「シテール島への船出」という作品があります。戦後の内戦時代、左翼側で戦った男がギリシャに帰れなくなって、ソ連で暮らす。30年ほどソ連で過ごして交換船で帰ってくる。妻が待っているわけです。30年ぶりに会うんですよ。妻は照れるでもなく、昨日まで一緒にいて、一晩外泊して帰ってきた夫を迎えるような顔つきで、最初にこう言います。「ご飯食べた?」って。あれはうまいと思った。

鬼海　そういうあたり前の寛容さを権力者が持っていたら、戦争なんて起こらないけどなぁ。冬場、アナトリアってマイナス20度ぐらいになるんです。私は、街中ではほとんど撮らないから、誰もいない田舎道を歩くわけです。すると、遠い先から、ゆっくり20分ぐらいかけて赤いジャンパーの人が近づいてくる。お互い、チラチラッと見てね、すれ違うときには旧知の仲の感覚です。そんな風土に培われた中東の共同体が、大量破壊兵器を隠しているという嘘の言いがかりから破壊された。日本は、そのアメリカに追従して「テロとの戦いに屈しない」なんて、地面に立った目線でないのは、はずかしい。

池澤　日本は国全体の体温が下がった気がします。実際には過熱していると言ってるんだけど、過熱しているのは「カネ」ばかりです。

鬼海　元凶は、その一元的な物差しですね。

池澤　資本主義、高度経済成長でしょう。昔、日本を出て太平洋の島に行って、ああ、何て楽なんだろうと思いました。旅人で無責任だから楽だったのもあるけど、こんなもんでいいんじゃないの、と僕は経済成長的なものになるべく距離を置こうとしてきましたね。

鬼海　金を集めて何に使うのって。

池澤　500億円を1千億円にしたいというのがよくわかんない。

鬼海　私は悲しいかな、100万円以上はもういっぱいという感じだな（笑）。いつも不安と一緒だけどね。

池澤は北海道帯広市で生まれ、6歳で東京に移った。成人後は太平洋の島への旅を手始めにギリシャ、沖縄、フランスと移り住み、いまは札幌で暮らしている。

歌人の石川啄木は、「ふるさとの訛なつかし停車場の人ごみの中にそを聴きにゆく」と

詠んだ。対話は、故郷、方言、東北の文化へと深まる。

池澤　北海道はだだっ広くて、がらんとしてて薄ら寂しい。あれが好きなんです。帯広なんて家がまばらでね。幼いころ、僕は祖父母と叔母に育てられました。父と母は東京にいました。初めて汽車で内地に来て東北に入ったときに、いやに山が迫ってくるな、そういうところに来ちゃったんだなと思いましたね。

鬼海　旅を意識したのはいつごろですか？　少年時代？

池澤　東京に来て帯広が相対化されたんです。あの汽車というデカくてカッコいいやつに乗ればほかのところに行けるんだ、と。それが世界観の始まりでした。ほかの土地にはほかのものがあるらしいというだけで行ってみたくなる。最初は小学生のころ、自転車が手に入って行動範囲が一挙に半径20キロぐらいに広がった。徒歩だと2キロ程度だったのが、世田谷区、目黒区、品川区と、ずいぶん走りましたね。

鬼海　北海道だと、方言や訛りはないですか。

池澤　「だがらね、北海道もしばれるから、ゆるくない（楽ではない）からね」というふうな、ちょっと東北っぽい喋り方はするけど、北海道アクセントはそんなにない。北海道はいろんな人が入ってきて混じっちゃってね。

鬼海　そうか。入植してきた人の出身地で全然違うんですね。山形から来た、広島から来たとかで。

池澤　そうです。とくに札幌なんか混じっているから、訛りはないですね。

鬼海　実は私はね、大学進学で東京に来たころはこんなに山形訛りじゃなかったんです。恥ずかしいのが先に立って標準語で喋ってました。ところが、写真を覚えようと現像所で働き始めて、青森に遊びに行って強烈なショックを受けた。喫茶店で、おばちゃんが孫を抱いた人に「なんちゅうめんこい子だ」と話しかけてた。「めんこい」に、ばあちゃんと孫の関係や、その場の雰囲気が全部、含まれていた。「かわいい子ですね」では全然伝わらない。そこから方言や訛りを見直し、平気になりました。

池澤　その感覚、沖縄にいるとよくわかります。ふだんは沖縄の人もウチナーヤマトグチでしょ。それはそれでいいんだけど、感情がこもるとウチナーグチになるんです。ああ、困ったな、どうしようか、「はあ、でーじなとん、ちゃーすがや」と言うとガンとくる。

――池澤さんは『現代世界の十大小説』に石牟礼道子さんの『苦海浄土』を選んでおられます。水俣病患者の苦しみと魂の叫びを、方言をふんだんに使って描いた作品です。石牟礼さんの土俗的なものを含めた世界観に共感されているのでしょうね。

池澤　それは非常に大きいです。彼女の水俣病に対する姿勢、行動もあるけど、あの言葉です。日本語はうまくできててね、漢字、平仮名があって、しかもルビがふれるでしょ。それをうまく使うと、方言らしく書いても意味が伝えられます。これ、英語で訛った発音のまま綴ったってわからない。日本語は、そこはとてもよくできていて、方言が方言のまま通用する。とくに石牟礼さんは、それがうまいから、ちょっと言葉を補い、漢字の当て方を工夫するだけで伝わるんですよ。空気がね。

鬼海 伝わるということは、部分部分じゃないですね。全体的に丸ごとふわーっと。空気を一緒に吸う感じ。

池澤 そう。溶け合っちゃうんです。

鬼海 水俣病の人が、東京へ来たときにご詠歌をうたいますね。あれも表現としてピタリとはまっています。

池澤 それは日常のものだったから、ご詠歌が。

鬼海 長い歳月をかけてコミュニティーが培ってきたものは強靭ですよ。

池澤 空気が伝わるということで、もう一人、東北地方には山浦玄嗣さんがいます。気仙地方の方言を「ケセン語」として研究して、いい仕事をしています。

鬼海 ええ、ケセン語の山浦さん。東北大学医学部を卒業されて、現在は大船渡市で医院を開いておられる。『イエスの言葉　ケセン語訳』などの本を出していますね。

池澤　あの精神は、やっぱりすごい。お医者さんだから日常の患者とのやりとりは全部ケセン語でしょう。医者として体を診るのと宗教者として心を診るのは同じ。心の場でも日常のケセン語を使うべきだ、と唱えて、実際にやっちゃう。聖書もケセン語に訳すのだからすごい。

――人と人が方言で喋り合うのは、広い意味でのケアかもしれませんね。

池澤　そうでしょうね。彼は言語学者で、同時に医者だからケセン語の大切さに思い至ったのでしょう。

長い一本道で出会った二人が目礼を交わすように始まった対談は、だんだん熱を帯びてきた。エンジンがかかってきた鬼海は、写真論へと池澤を誘う。

鬼海　写真を撮るようになったのは、大学時代に福田定良先生と会ったことも影響しています。

池澤　はい、はい。『や・ちまた』に書いていらっしゃる哲学者ですね。

鬼海　あの先生にだまされたというかね（笑）。結局、先生には36年間お世話になるんですけどね。先生の仕事ぶりを見てると、表現というのは人間の遊びで一番おもしろいものじゃないかと思ったんです。ただ、表現といってもいろんな型がある。文章を書くのは頭のいい人がするものだと思ったし、映画は金がかかる。集団でしなくちゃならないというのもネックで、写真を選びました。

池澤　一人で働くのはお好きですか？　一人で動くのは？

鬼海　一人、大好き。いや、旅のぜいたくは、一人で寂しく時を過ごすことでしょう。でないと、何も考えないしね。インドの撮影からずっと一人旅だった。浅草もそうですよ。人一人で行って、何でこんなとこに来たんだろうと思って見ると、おもしろいんですよ。人間はぼーっと退屈したとき、いろんなものがポコッ、ポコッと体の周りに浮いてくる。

池澤　あれは、浅草にいらして、ぼーっとして、おもしろそうなのが来たら釣り上げるんですか。

鬼海　そうです。だから、全然確率はよくない。写真はめったに写らない、と思ったときから徐々に写真家になっていった気がします。

池澤　でも、写真はシャッターを切れば写るでしょう？

鬼海　ええ、写りはしますが、こっちは世界のヘソをつかむような形で写したいわけだから、なかなかそうはならない。写らない。写真のよさは「説得」ではないんです。それを見てくれた人のなかに他人との関係がスーッと浸透していくことなんですね。いい写真は、

1回、2回……と、見てもらえる。写真家は写真のなかにたくさんの糸を隠して張ってあるから、見てもらうたびにそれに触れて、ふわっと伝わる。そして、徐々に見ている人の体験のなかに根を下ろしていくんですよ。

池澤　なるほど。

鬼海　写真家がいちばん信頼しているのは見てくれる人なんですよね。私の場合は、写真集の読者や写真展に来てくれる人だけでなく、他人もそこに入る。他人とちょっとだけしあわせな関係をつくりたい。写真は誰でも撮れると思います。シャッターを切れば写るというのではなく、誰もが自分の体験をふり返って、もう1回、人について考えたり、感じたりすることができるという意味で誰でも撮れます。しかし欲深く、表現として練り上げようとすると、簡単には写らない。

池澤　うん、うん。

鬼海　ただ、私は生まれた醍醐村の子ども時代の生活の記憶がべったりあるから、抽象的にはいかないんです。相変わらず村を引きずって、インドでも、浅草でもアナトリアでも、村の見知った世界につながっている。

池澤　村の暮らしね。基本はお互い知っている人たちでしょう。

鬼海　ええ、そう。写真で食えなくていろんな肉体労働をしました。撮るための手段として労働してたと思っていたけど、とんでもない。あれは私にとって、いいレッスンでした。浅草に行っても、肉体労働をしている人はぷんぷんにおう。それで他人事ではないところから始まるから、ああいう人たちに心ひかれて撮れる。

池澤　それはもう、村で長く知っている人と同じような関係にスッとなっているんじゃないですか。

鬼海　でないと撮れません。単に変わった人には全然興味がなくて、この人を見れば人間を考えられる、感じられるな、という人を撮ります。苦労してんね、もうちょっとしあわせになれないかな、という感じかな。常に具体的で、かつ普遍的なものを探しています。いつも地べたを這ってなくちゃならないから、困ったもんですけどね。

池澤　でも、まぁ、あの『や・ちまた』はすごいですよ。みんな、一生懸命やってるなという感じでね。

鬼海　池澤さんは若いころ、アンゲロプロス監督の作品の字幕翻訳を担当しておられました。「旅芸人の記録」とか、すばらしい。映画からはかなり刺激を受けました。イタリア映画、イラン映画、トルコのクルドにも。

池澤　ユルマズ・ギュネイですね。あの監督はクルド人ですね。

――ギュネイは思想犯として何度も投獄されながら、獄中から指示を出して映画を撮ったそうです。最後は、脱獄し、亡命先のフランスで47歳の若さで亡くなりました。

鬼海　ギュネイの「群れ」「敵」「路」なんていいですよね。トルコのクルド人居住地域に入って、「ギュネイ、すごい監督だ」と伝えると、相手がカカカカッと寄ってきてキスするんだよ（笑）。

池澤　ちょうどアンゲロプロスを次々紹介していたころ、フランス映画社がギュネイの作品も入れててね。試写を見て文章を書きましたよ。

鬼海　しかし、トルコ政府はクルド人に対しては厳しいね。

池澤　イラク戦争後、クルド人地域は半独立みたいになってたでしょ。

鬼海　石油も外に売ってた。

池澤　でも、トルコ政府はクルドとアルメニアについては、ガチガチで意見を緩めようとしません。

鬼海　過去にトルコは、ものすごい虐殺をしているしね。私のような外国人をやさしく歓迎してくれるトルコ人が、何でクルド人を虐げるのか。歴史の重さというか、差別意識の根源はわからないね。

日本は、これからどうなるのだろう。池澤と鬼海は、ともに１９４５年に生まれている。

人生そのものが「戦後」に重なるふたりに、時代へのメッセージを聞こう。

鬼海　中東の混沌から欧州は分裂の危機に直面しています。アンリ・カルティエ＝ブレッソンのようなヨーロッパ・ヒューマニズム的写真は崩壊しました。それで、アジアモンスーン的なヒューマニズムはどうかと考えて、台湾の映画監督、侯孝賢の撮影地を回ったことがあるんです。

池澤　へぇ、そう。先日、なぜか「悲情城市」をもう一遍見たな。懐かしいなと思いながらね。

鬼海　で、撮影地の九份とか行くと、コンビニが24時間営業です。日本よりは気候が温暖なので開放的ですが、あれはダメかも。近年、侯孝賢も失墜しましたね。

池澤　まぁね。僕が台北に行ったときは、あんなに汗をかくとは思ってなくて、慌ててコンビニを探してシャツを買いました。

鬼海　その点、フランスは偉い。コンビニは夜の8時、9時で閉まるし、土日は営業していません。日本の大都市で、あれだけ計画停電だ、節電だと大騒ぎしたのに24時間営業しっ放し。メリハリがつかないですよね。

池澤　だから東日本大震災「3・11」の後にコンビニも地下鉄も暗くなって、いいぐあいだ、と思った。

鬼海　ええ、いいぐあいだった。にもかかわらず、たちまち、パチンコ屋はギンギラしてね。

池澤　幻想だったのかな、あれは。災害ユートピアみたいな意識が働いて、みんな助け合って、動いた。それが世の中の倫理の軸になるかと思ったら、一瞬にして、もとに戻ってしまった。

鬼海　だって、気がつけば生活の基本である農業がまったく衰弱してしまった。決定的ですよ。かつて三本鍬で開墾して、田んぼにして、水を満遍なく行き渡らせるのにどれだけ知恵と労力を傾けたか。働くってそういうこと。いまは、いかに金を取るか、日和見主義に入った。考えるベースがないんだよね。

池澤　計算はあっても、考えはないんですよ。

――「3・11」は、むしろ逆方向に利用されています。政府は熊本地震の後、あまり役に立たないにもかかわらず、米軍のオスプレイで救援物資を運ばせたでしょ。東日本大震災後の「トモダチ作戦」の延長で日米一体化のパフォーマンスをしました。

池澤　オスプレイを使いやがってね。スキを見せてしまった。

――善意みたいなものが、ある時点から反転して人びとの生活を抑圧するという構造になぜ気づかないのか。

池澤　いや、外務省はよく知ってるんでしょう。うまく利用したと思ってるんでしょ？

気がつかないのは国民ですね。まあ、僕は毎月、朝日新聞のコラムで愚痴ってる気がする。

鬼海　日本でも独裁が始まっているのかな。一方で、独裁者の幸福のイメージって何であんなに貧困なんですかね。チャウシェスクにしろ、金正恩にしろ、宮殿めいた住まいをやたらと飾り立てる。なんでだろう。

池澤　やっぱり、おびえているんでしょうね。いつ寝首をかかれるか、と。それでこわばって固まっているんでしょう。地位に対して固まったら幸福な顔にはならないですよ。

鬼海　呼吸が楽じゃないから、ああいう形になるんでしょうね。もう少し自由に楽に呼吸するには他人と結びつくことだね。損得勘定だけでなく、「お互いさま」とか、「つらいね」とか、マイナスの要素が介在しないと全体のトーンは見えてきませんよ。

池澤　必要なのは、「ご飯食べた？」のような言葉でしょう。

鬼海　今後、移住される予定は？

池澤　来週、引っ越しの予定はありません（笑）。後で気づいたけど、北海道って旧植民地なんですよ。内地という言葉を使うわけだから。沖縄もそう。結局、あちこちの植民地を回って、パリで仕上げたという感じですね。

鬼海　なるほどね。今日は楽しい時間をありがとうございました。

池澤　こちらこそ。

ひとり、ブランコ遊びをしていた脚に障害のある少女　Kahramanmaraş　1996

22羽のアヒルと冬の気球　Uçhisar　2009

雷鳴――あとがきにかえて

沖縄の梅雨明けは早い。鼠色の雲が垂れ込めた東京・羽田を発って、那覇空港に降り立つと、午後6時を過ぎたのに灼熱の太陽が照りつけてきた。「祝復帰20周年」の垂れ幕がビルの壁に下がっている。まだモノレールは影も形もなく、タクシーが那覇名物の大渋滞に巻き込まれ、じりじりと進んだ。

遅れてホテルのレストランに行くと、文藝春秋の「Number」の編集者と、目つきの鋭い、なで肩をアロハで包んだ男がちょっと首を傾げるようにしてコーヒーを飲んでいた。「こちらカメラマンの方」と紹介され、交換した名刺に「鬼海弘雄」とあった。

出羽三山を駆ける修験者の末裔のような名前だった。

翌日、私たちは沖縄の高校野球の系譜をたどる人物取材にとりかかった。キーパーソンは、沖縄水産を2年連続で夏の甲子園準優勝に導いた監督、栽弘義《さいひろよし》だった。

栽さんは、戦争で3人の姉と甥を亡くし、自身の背中にも空襲で受けた火傷の跡が残る。糸満高校の野球部員だったころ、しばしばツルハシを担いで山に入り、地面を掘り起こした。「鉄の暴風」で撃ち込まれた砲弾、弾丸を集めてスクラップとして売り、野球用具を買った。スクラップ・ブームに乗らなければグラブやバットは手に入らなかったのだ。

のちに某放送局が「甲子園で優勝しなければ沖縄の戦後は終わらない」というコピーを考案し、あたかも栽さんのセリフであるかのように伝えた。栽さんは言った。

「僕は、姉たちや甥を殺した爆弾の破片を拾って、野球を始めた男ですよ。その思いがどんなものか……、大人だったらわかるでしょ。軽々しく戦争と野球を結びつけられますか。想像してほしい。人間の原点じゃないですか」

栽さんにインタビューをしている間も、カメラマンの存在が気になって仕方なかった。鬼海さんはじっと聞き入るばかりで、写真機を触ろうともしない。14歳下のライターは値踏みされているような気がした。こいつ、どんな話を聞きだすのだろうか、と。

長いインタビューを終えて、グラウンドに移動すると、鬼海さんはやっとカメラを取り出し、栽さんと何やら話し込んだ。ふたりだけの空間だった。子犬が栽さんにじゃれつく。「おっ、監督、抱いてやって。ああー喜んでるよー」。鬼海さんは、やっとシャッターを押した。3回か、4回。「もういいんですか」と心配になって聞くと、「緊張感もたせるの下手だし、フィルム、もったいない。たぶん、写ってる」とぶっきらぼうに言い、下がった肩を少しそびやかした。

東京に戻って原稿を入れ、写真と組み合わせた色校正が上がってきて、私はぶっ飛んだ。扉のカラーは、サトウキビ畑の脇道に小学一年生ぐらいの男児が立つ写真だった。毅然と立っている。栽さんの肖像はモノクロで、抱かれた犬が至福の顔で舌を出す。そして、長い記事の掉尾を飾るカラー写真は、ガジュマルの森に挟まれた白い道が緩やかに曲がって青空に抜けていく、すべてを吸い込むような空だった。予定調和は微塵もなかった。

「ことばになる前のことばを、この人は、撮っている」と感じた。黙って聞いていたのは話の値踏みをしていたのではなく、ことばが発せられる根源を探っていたのだ。一緒に仕事をしたい、と思った。1992年の夏、私は写真の深遠さを目の当たりにした。

その後、国内、海外の取材で撮りおろし写真が必要なときは、「カメラは鬼海さんに頼んでよ」と編集者にリクエストした。編集者のなかには、つっけんどんで、偏屈に見えてしまう鬼海さんと会って腰が引ける人もいなくはなかったが、納品された写真が雑音を封じた。写真を情報だと思い込んでいる人は近寄ってこなかった。

「ペンとカメラ」のコンビで、私たちはマニラのスラム街のボクシングジムや、あまたの子どもが目を腫らしてゴミを拾うスモーキーマウンテン、バンコクの歓楽街、田川の炭鉱跡、超高層ビルが建ち始めた東京湾岸、インドのバンガロール、デリー……と歩き回った。

その間も、鬼海さんは、ひとりでせっせと浅草に通い、五感をそばだて、垂れた釣り糸にかかった人物の肖像を撮っていた。インドやトルコに出かけては、人とコミュニティに降り積もった時間を魔法のような写真に変え、たまに犬に脚を噛まれた。

帰ってくるや、「いやー、狂犬病でさぁ。注射3本、高くて」と、電話口で5W1Hを無視して喋りだすものだから、事情がつかめず、「じゃあ「天狗」で」と新宿西口の居酒屋を指定する。酒杯を傾け、互いの仕事の構想や、関心事を堰を切ったように喋りあった。

鬼海さんは、写真集に収める「作品」と、「換金作物」と呼ぶ注文仕事は明確に分けていた。だが、雑誌の注文仕事のなかにも、十分に作品として通用するものがあるような気がしてならなかった。たとえば、サトウキビ畑の脇道に少年が立っている写真とか……。

「あれはいい写真だ。だけど、カラーだよな。モノクロにしたら深刻になってしまう」

鬼海さんは、作品集はモノクロと決めていた。これは東北人のねばり強さと頑固さの結晶だろう。瀬戸内の海賊の根城だった島で生まれ育った私は、もったいないと思う。

「栽さんのモノクロは使えるかもな。でも漬物は最初から漬物で、しっかり漬け込まなくちゃ。一夜漬けの素をぶっかけても漬物にはならないよ」。鬼海さんはグラスをあおる。

「ほんものの漬物と一夜漬けは、どう見極めるの」

「見てくれる人が自分のこととして写真を読んでくれるかどうかだ。条件反射のように同じ見方をされたら、それで終わる。そこは恩師で哲学者の福田定良先生から教わった」

新宿の居酒屋は、鬼海流ドラマツルギーを学ぶ貴重な場だった。

１９９７年秋、私たちはネパール東端、インド国境に近いベルダンギの難民キャンプに向かった。現在の「幸福の国」ブータンのイメージからは想像もつかないかもしれないが、90年代初頭、ブータンではチベット系ブータン人ドゥクパと、ネパール系移民ローツァンパの間で激しい民族衝突が起きた。難民化したローツァンパは、国境を越え、インドを通ってネパールの川の堤に集まった。その数は数万に達した。

国連難民高等弁務官事務所（ＵＮＨＣＲ）は、川から15キロ離れたベルダンギに難民キャンプの設営を決めた。そのプランづくりをブータンで都市計画に携わっていた難民男性に委ねたと聞き、取材を思い立った。人がゼロから「生きのびる場」をつくることに興味があった。どうやってコミュニティを維持しているのだろうか。鬼海さんを誘うと「行く、行く」と即答された。大手コンピューター会社のデザイン部門とタイアップしてＰＲ誌の制作予算を回してもらい、私たちはバンコク、カトマンドゥ経由でベルダンギに入った。

難民キャンプの竹を組んだ仮設建物で、女性たちがかいがいしく働いていた。布を織ったり、ミシンを踏んだり、小学校の先生も女性だった。彼女らの口から殺人やレイプの恐怖が語られる。過酷な現実をくぐりぬけてきたからこそ、かりそめとはいえ安らぎに満ちていた。その振幅の大きさが、女性のたくましさを裏打ちしているようだった。

それに引き換え、男たちときたら……。難民キャンプのプランナーは、こう語った。

「仕事がない、電気もない。やることといえば、いつ国に帰れるかという終わりのないディスカッションと、酒、トランプ、ダンス、子どもばかりが増える。ここには4万400人が暮らしています。このペースで増えたら、拡張しなくてはなりません」

毎日、早朝から取材に出て、夕方、UNHCRの宿舎に戻った。私たちは、広いテラスでビールを飲み、地平線に沈む太陽を眺めながら、国民国家って何だろう、どうしてチェーホフは「シベリアの旅」を書かなくてはいられなかったのだろう、などと語り合った。生活の延長で、しぜんにそういう話をしたくなったのだ。下ネタ話も、鬼海さんにかかると不思議とひょうきんで乾いたトーンを帯びた。

「男と女のあそこなんて、どー う見たって、まぁともな形じゃないよな。なぁんだアレ」と醍醐村訛りで言われると、吹き出すしかなかった。

取材が終盤にさしかかった日の夕暮れ、西の空が濃い紫に染まり、稲妻が走った。雷鳴がとどろき、胸がうち騒ぐ。バナナの木の陰でゴム飛びをしていた少女が動きを止め、こちらを見つめた。

「なんだか染色体までほっとする感じだなぁ。生き物としての男のだらしなさもいいよね。写真って、大肯定なんだ」と鬼海さんはつぶやき、少女に向かって黙ってうなずいた。

2000年代に入ると、鬼海さんは、次々と大作を発表し、『PERSONA』で土門拳賞を取った。と言っても偉ぶるわけではなく、相変わらず、「天狗」で飲んだ。いつの間にか書きためたエッセイを発表するようにもなった。以前見た文章の冗長さは消え、単語が「視線」で磨かれて、シーンが見事に立ち上がる。

「狭い路地で男の子とサンダル履きの母親がやり合っていた。五歳ぐらいの子どもが懸命に何かをねだっている。母親が一言だめだと一喝した。ガキは即座に地べたに寝転び、手足をばたつかせ泣きわめいた。

見事なだだのこね方。すっかり見かけなくなったガキならではの身体表現に見とれた。するると、下町母さんはむんずとガキを引き起こし、頰をピシャリ。何事もなかったかのように横町にきえた。ひとり泣きじゃくる子と目が合った。けろっとした表情に戻った子は母を追った。その自然さに頰がゆるんだ。ひさしぶりに、畑の泥がついた野菜のような親子だ」(「だだをこねる子どもと漢字の刺青がある女」『世間のひと』所収)。鬼海さんのフィールドは広がり、こちらも仕事の中心が単行本に変わった。

「ペンとカメラ」で飛び回る機会は徐々に減ったものの、拙著の装丁や、ここぞというときは鬼海さんに撮影を頼んだ。その一つが、東日本大震災の発生後、朝日新聞出版の「AERA」で展開した一連の福島取材だった。

震災の年の5月、レンタカーを鬼海さんに運転してもらい、福島から相馬、南相馬と回った。相双随一の漁師町だった「原釜《はらがま》」は津波で根こそぎさらわれ、漁船が家にめり込んで止まっていた。平衡感覚が狂い、想像力が遮断される。

「……これは、ほんとのことか。見えるものしか、写らねぇな。写真、撮れるかな」

鬼海さんは松川浦の海岸線に車をとめて、歩きだした。小一時間、逍遥すると「変な匂い、しない?」と聞いてきた。確かに人工的な香りにはほどとおい、有機物の饐《す》えたような匂いが漂ってくる。鬼海さんは、ポツリと洩らした。

「人間は、何度も何度もこんな目に遭ったんだろうな。それでも生きていくんだな」

「だけどさ、原発は、人間がつくったものだよ。自分で自分の首をしめている」

「ひどい話だ」。鬼海さんは空にカメラを向けてシャッターを切った。

鈍色のモノトーンの、感情を押し殺したような空と雲の写真が出来上がってきた。

それからも、月刊誌の連載で岩手、宮城と東北各地を二人で取材した。震災で奇跡的に助かった人や、打ちのめされても懸命に「自分の歩幅」で歩いている人たちと会うにつれて、「それでも生きていくのだな」と私も素直に言えるようになった。

取材の旅先で、鬼海さんとどれだけ空を眺めただろう。ひとつとして同じ空はなかった。

人生の起伏によって、見える空の姿は幾分変わるけれど、己を動かすエネルギー源の薪は自分で炉にくべて燃やすしかない。「じゃあね」と別れたあとは、いつもそう思った。

「「アサヒカメラ」で対談の連載をするから手伝ってくれないか」と声をかけられたときは、二つ返事で引き受けた。対話の相手は表現者として自分の世界を確立された方ばかりなので、流れのままに鬼海さんという共鳴板に話を投げてくれれば響く、と読んでいた。鬼海さんの考え方や感覚は、ある程度、わかったつもりだった。

いざ、対話が始まってみると、共鳴の深さ、大きさは予想をはるかに超えていた。単なる意気投合ではなく、地下茎のつながりを随所で感じた。写真や小説、詩、あるいは建築といったジャンルを超えて、人生との向き合い方のヒントがちりばめられていた。読むと目が開かれ、ほっと息をつける対話があちこちにあった。

ようするに生きることは「肯定し、認める」作業の積み重ねなのだ。

雑誌連載が終わってからも、一冊にまとめたいと切に願った。その価値は十分にある。このほど平凡社のご協力を得て、ようやく単行本にできた。アサヒカメラの連載を担当してくれた高畠保春さん、単行本の編集に力を注いでくれた福田祐介さん、かかわっていただいたすべての皆さんに、心より御礼を申し上げる。

二〇一九年六月

ノンフィクション作家　山岡淳一郎

初出・協力

初出：「アサヒカメラ」（朝日新聞出版）／写真出典
山田太一　2015年5月号／『アナトリア』
荒木経惟　2015年7月号／『persona in india』（筑摩書房、近刊予定）
平田俊子　2016年1月号／『東京ポートレイト』
道尾秀介　2015年10月号／『アナトリア』
田口ランディ　2015年1月号／『アナトリア』
青木茂　2016年4月号／『東京ポートレイト』
堀江敏幸　2016年7月号／『PERSONA 最終章』
池澤夏樹　2016年10月号／『アナトリア』

協力：高畠保春（朝日新聞出版）
土居裕彰（クレヴィス）
田中尚史（筑摩書房）

カバー写真：「ひとり歩きつづける老人　1988」

鬼海弘雄（きかい ひろお）
1945年、山形県生まれ。写真家。人間の内奥を写し撮る作品の数々が、日本にとどまらず世界各国で大きな称賛を得ている。代表作に、市井の人々の姿を写した『PERSONA』（草思社、土門拳賞）、『PERSONA 最終章』（筑摩書房）、東京の風景を切り取った『東京迷路』（小学館）、『東京ポートレイト』（クレヴィス）、幾度も訪れ、歩いて撮った『INDIA』（みすず書房）、『アナトリア』『India 1979-2016』（ともにクレヴィス）など。写文集に『誰をも少し好きになる日』（文藝春秋）、『靴底の減りかた』（筑摩書房）などがある。
ホームページ：https://hiroh-kikai.jimdofree.com/

山岡淳一郎（やまおか じゅんいちろう）
1959年、愛媛県生まれ。ノンフィクション作家。「人と時代」を共通テーマに近現代史、政治、経済、医療、建築などの作品を発表し続ける。著書は『神になりたかった男 徳田虎雄』（平凡社）、『後藤新平 日本の羅針盤となった男』（草思社）ほか多数。『生きのびるマンション』（岩波新書）を近刊予定。一般社団法人デモクラシータイムス同人。

ことばを写す 鬼海弘雄対話集
発行日――――2019年7月24日　初版第1刷

著者――――鬼海弘雄
編者――――山岡淳一郎
発行者――――下中美都
発行所――――株式会社平凡社
東京都千代田区神田神保町3-29　〒101-0051
電話　(03)3230-6593［編集］
(03)3230-6573［営業］
振替　00180-0-29639
DTP――――北里俊明 design POOL
印刷――――株式会社東京印書館
製本――――大口製本印刷株式会社

ISBN978-4-582-23130-4　NDC分類番号914.6
四六判（18.8cm）　総ページ192
平凡社ホームページ　https://www.heibonsha.co.jp/